CB137570

Os Sambas dos Corações Partidos

Maria Tereza Maldonado

Ilustrações
Thiago Lopes

Coleção Jabuti

1.ª edição
Conforme a nova ortografia

Editora Saraiva

Gerente editorial executivo: Rogério Carlos Gastaldo de Oliveira
Editora: Kandy Saraiva
Assistentes editoriais: Flavia Zambon / Andrea Der Bedrosian / Patricia Pellison
Produtor editorial: Elcyr Oliveira
Suplemento de atividades: Lia D'Assis
Preparação de texto e revisão: Agência Página Três
Produtor gráfico: Rogério Strelciuc
Projeto gráfico, diagramação e capa: Estúdio Kiwi
Impressão e acabamento: Bartira Gráfica

Dados Internacionais de Catalogação na Publicação (CIP)

M211

Maldonado, Maria Tereza

Os sambas dos corações partidos / Maria Tereza Maldonado; ilustrado por Thiago Lopes. 1.ed. – São Paulo: Saraiva, 2015. (Coleção Jabuti)

ISBN: 978-85-02-63497-8

1. Literatura infantojuvenil. 2. Samba. 3. Patrimônio Imaterial da humanidade. 4. Adolescência – relacionamentos. I. Lopes, Thiago. II. Título. III. Série.

CDD 028.5

Índice para catálogo sistemático
1. Literatura infantojuvenil 028.5

1.ª tiragem, 2015

Saraiva Educação Ltda.
Rua Henrique Schaumann, 270
CEP 05413-010 – Pinheiros – São Paulo-SP

SAC | 0800-0117875
De 2ª a 6ª, das 8h30 às 19h30
www.editorasaraiva.com.br/contato

203087.001.001

Sumário

O museu das relações terminadas

Logo depois do almoço com a avó e a irmã, Juliana terminou de arrumar a mala e a mochila, onde já havia colocado o passaporte, o cartão de crédito, alguns euros para despesas essenciais, passagens aéreas, comprovantes das reservas de hotel, celular, computador, a pequena bolsa com o material para escovar os dentes e o cabelo, maquiagem e remédios. Teve o cuidado de verificar três vezes a lista de itens, com receio de esquecer algo essencial. Estava feliz e tensa, preocupada com a hora de pegar o táxi para o aeroporto. Sua intenção era chegar antes do grupo formado por oito pessoas que ela guiaria por uma semana, durante uma viagem por algumas cidades da Croácia.

Pouco antes de terminar a faculdade de Turismo, Juliana conseguira um estágio em uma pequena agência especializada em viagens ao Leste Europeu. Fluente em inglês, concluiu o estágio com tanta eficiência que o dono da empresa a contratou e, assim que ela se formou, a capacitou para o cargo.

— E aí, querida? Tudo certo? Muita emoção nessa viagem de

estreia como guia de turismo? — perguntou Analice ao entrar no quarto para dar um beijo carinhoso na neta.

— Ai, vovó, emoção total! Desde criança tenho esse sonho de conhecer o mundo. O mais incrível é começar pela Croácia, e não pelos países que a maioria das pessoas prefere. Mas sinto um frio na barriga só de pensar se vou conseguir resolver os problemas que normalmente surgem nas viagens. Extravio de malas, clientes insatisfeitos com os hotéis, gente desligada que perde o passaporte, guias locais incompetentes.

— Ih, relaxa, Ju, você já falou desses problemas um montão de vezes, pense que vai dar tudo certo! — amenizou Carol, que estava deitada de bruços em sua cama, observando a irmã mais velha guardar os últimos itens dentro da mala.

— Estou estressada, Carol! É normal ficar repetindo as mesmas coisas. Se não quer ouvir tudo de novo, vai para a sala!

— Calma, irmã! Estou é com inveja de você. Também quero conhecer o mundo. Vou acabar fazendo faculdade de Turismo que nem você, já que a gente não tem dinheiro pra gastar com viagens assim.

— Com doze aninhos ainda é cedo pra pensar o que você vai fazer na vida, pirralha. Você pode ser aeromoça ou até pilotar aviões. Também pode ser uma cantora famosa, rodar o mundo com sua banda, quem sabe? Sossegue, não estou zangada, é o estresse da viagem — Juliana deu uma piscadinha para a irmã.

O telefone tocou; avisavam que o táxi já estava na portaria do prédio. Juliana colocou a mochila nas costas, pegou a mala e se despediu da avó e da irmã.

— Que Deus te proteja, queridinha, e lembre-se de dar notícias! — pediu Analice, abraçando a neta com carinho.

— Dê um beijão na mamãe quando ela chegar do trabalho, vó! Vou ligar pra ela assim que entrar no táxi.

Juliana calculara bem o tempo: foi a primeira a chegar e a fazer o *check-in* para Frankfurt. Quando chegasse, teria de procurar a companhia croata para o voo de conexão que levaria o grupo até Zagreb, a capital da Croácia, local da primeira visita.

As oito pessoas do grupo chegaram pouco a pouco: dois casais, três mulheres e um homem sozinho. Felizmente, não houve atrasos. Pelas conversas iniciais, Juliana percebeu que todos eram viajantes experientes, curiosos para visitar países menos populares. As três mulheres, na faixa dos 50 anos, eram amigas que adoram passear juntas, o homem solitário viajava com a esposa, mas passou a ir sozinho quando enviuvou. "Menos mal, pelo menos não tem ninguém virgem de viagens como eu" — pensou Juliana.

Apesar do pequeno atraso, motivado pelo intenso tráfego aéreo, o voo para Frankfurt foi tranquilo. Ao desembarcar, Juliana se impressionou com a imensidão do aeroporto. As quatro horas de espera pela conexão com Zagreb deram ao grupo tempo suficiente para encontrar o local de embarque, almoçar um bom prato de salsichas alemãs com salada de batata e chucrute, e olhar as vitrines de dúzias de lojas nos gigantescos corredores do aeroporto.

Apesar de o avião para Zagreb ser menor e menos confortável, o voo só duraria uma hora e meia. Com a diferença de cinco horas a mais em relação ao fuso horário do Brasil, o grupo chegou ao destino ao anoitecer, com tempo somente para jantar no próprio hotel e descansar poucas horas antes dos passeios na manhã seguinte. Alguns do grupo reclamaram da qualidade da comida e Juliana ponderou que não adiantaria falar com o gerente, porque, logo após o café da manhã, embarcariam já com as malas em um micro-ônibus para fazer os passeios e prosseguir viagem para a cidade seguinte, depois do almoço no centro de Zagreb.

Assim que entrou no quarto, Juliana enviou uma mensagem à irmã, pedindo que avisasse à avó e à mãe que havia chegado bem.

Comunicou-se também com seu chefe para dar notícias, respondeu mensagens pendentes, olhou rapidamente as novidades da rede social, tomou um banho quente para relaxar do cansaço e se preparou para dormir. Mas o sono demorou a chegar: Juliana estava empolgada com sua primeira viagem internacional e, ao mesmo tempo, assustada com a responsabilidade de garantir que os clientes ficassem totalmente satisfeitos com a experiência.

Às 7h30 da manhã seguinte, Juliana verificou com um funcionário do hotel a lista dos quartos em que estavam as pessoas do grupo, e pediu que ele recolhesse as malas que já haviam sido deixadas do lado de fora. Aos poucos, as pessoas chegaram para o café da manhã. Algumas estavam bem sonolentas, sentindo a diferença de fuso horário. Às nove em ponto, o guia local chegou falando português com erros como "nós *vai* visitar essa bela cidade *turista*" e avisando que o grupo poderia entrar no micro-ônibus para dar início ao *city-tour.* Ao se apresentar, o guia esclareceu ao grupo que era brasileiro, e estava em Zagreb havia dois anos. Havia ido para lá contratado como jogador de futebol. Mas teve problemas com o técnico do clube e passou a trabalhar como guia. Sem tempo para uma visita mais longa, passaram pelo Mimara Museu de Arte, pela Ópera de Zagreb, e pararam para dar um passeio por uma rua cheia de cafeterias. Antigamente, nessas casas trabalhavam prostitutas, que faziam poses sensuais nas varandas dos sobrados para atrair clientes. Na mesma rua, havia ainda uma estátua da primeira jornalista croata. Em seguida, passaram pela Virgem da Porta de Pedra, um santuário com um belo portão de bronze, cujo interior abrigava um grande número de ex-votos incrustrados em uma parede de pedra.

Pelas ruas, observaram muitos prédios antigos em mau estado de conservação, inteiramente pichados, assim como os monumentos, fato que chamou a atenção do grupo. O guia local esclareceu que as pichações não são punidas, pois os croatas as consideram manifestações da liberdade de expressão.

Por fim, desembarcaram na Praça de São Marcos, a maior do país, cuja igreja tem um telhado de cerâmica com o desenho da bandeira da Croácia. O guia local avisou que todos deveriam sair do micro-ônibus para caminhar pela praça e pelas ruas da cidade antiga e retornar dali a três horas para o almoço. Indicou dois museus, um em frente ao outro, próximos à praça. A visitação começou pelo Museu Croata de Arte *Naïf*.

— Li algumas coisas interessantes sobre esse museu. Minha mulher apreciava arte *naïf*: ela iria adorar estar aqui pra ver — comentou Carlos Eduardo, o viúvo, com os olhos cheios d'água.

— Então conta pra gente o que você descobriu — encorajou Regiane, uma das três amigas.

— É o primeiro museu do mundo sobre arte *naïf*, também chamada de arte primitiva ou ingênua. O acervo desse lugar tem cerca de 1.600 obras com desenhos e pinturas de cenas da vida rural retratadas por camponeses, trabalhadores, homens e mulheres do povo que não frequentaram escolas de arte. Eles simplesmente pintavam com o coração. Alguns, como os que vamos ver aqui, eram tão bons que se profissionalizaram como artistas e ficaram famosos.

— O que mostra que pessoas comuns podem criar arte de boa qualidade, mesmo sem qualquer tipo de formação acadêmica — refletiu Marisa, a mulher de um dos casais. Entusiasmado, Roberto, o marido dela, comentou:

— E alguém aí conhece o Museu de Arte *Naïf*, no Rio de Janeiro? Nós moramos no bairro onde fica o museu. Sempre que recebemos amigos ou parentes de outros estados vamos até lá. É a maior coleção do mundo, com cerca de 6.000 trabalhos de artistas brasileiros e de outros países. Aqui, vamos ver o mais antigo; lá, temos o maior!

— Nossa, apesar de ter feito faculdade de Turismo, nunca ouvi falar desse museu. Vou tratar de conhecê-lo assim que voltar desta viagem — Juliana planejou.

— Fui lá muitas vezes com minha mulher — disse Carlos Eduardo. — Ela adorava a tela gigantesca do salão de entrada, muito alegre e colorida. Lia Mittarakis, a pintora, levou cinco anos para completar o trabalho. Minha mulher passava um tempão apreciando os detalhes: o Cristo Redentor, o Maracanã lotado de torcedores, a ponte Rio-Niterói, os arcos da Lapa, o Pão de Açúcar com dezenas de barquinhos na enseada de Botafogo, as praias cheias, o Sambódromo com uma escola de samba desfilando — comentou o viúvo, com o olhar perdido e um leve sorriso que demonstravam que, naquele momento, visualizava a esposa diante do belo quadro.

No entanto, Helena, outra das três amigas, tratou de apressar a turma:

— Então, vamos logo conhecer este, senão vai sobrar pouco tempo para ver tudo! A julgar pelas reproduções que estão aqui na entrada, vamos ver obras belíssimas.

Subiram as escadas e, logo na primeira sala, avistaram os quadros de Ivan Generalic, um dos pioneiros da pintura *naïf*, na década de 1930. Ele retratou cenas do cotidiano no campo em diferentes estações do ano: a colheita, os lenhadores, as vacas no pasto. Passaram para outra sala, com pinturas que também retratavam cenas da vida rural, porém de modo mais simbólico, com cores suaves.

— Amei! — exclamou Anita, a mulher do outro casal. Vejam, esse pintor também se chama Ivan, mas o sobrenome é Rabuzin, que engraçado.

— E que paciência! Pintar montanhas, árvores, flores e pássaros com milhões de pontinhos — comentou Sofia, olhando para as amigas.

— A luminosidade desses quadros com cenas das aldeias cobertas de neve é espetacular! As cores do céu, que beleza! Mas... não acredito no que estou lendo, o nome desse pintor é Mijo! Mijo Kovacic! — riu Helena.

— Se esse fosse morar no Brasil, teria de mudar de nome! — gargalhou Juliana, e todo o grupo riu muito.

Cinco turistas ingleses que estavam na mesma sala olharam perplexos. Um deles deve ter se perguntado do que aquelas pessoas estavam rindo.

Já na saída do museu, Juliana avisou que teriam quase duas horas livres antes de se reencontrarem com o motorista e o guia. Poderiam caminhar pela cidade antiga, tomar um café ou atravessar a rua para visitar o Museu das Relações Terminadas.

— Queremos visitar esse museu! — animaram-se as três amigas quase ao mesmo tempo.

— Eu também! — disse Carlos Eduardo. — Li que esse museu ganhou prêmios por sua originalidade. É uma história muito interessante.

— Já que você contou a história do outro, conte essa também — pediu José Cláudio, o marido de Anita.

— O museu foi fundado por um casal croata após o término de um relacionamento de quatro anos. Eles haviam trocado muitos presentes, e se perguntaram o que poderiam fazer com todos aqueles objetos. Daí surgiu a ideia de fazer um museu para o qual pessoas do mundo inteiro pudessem enviar suas histórias de corações partidos juntamente com um objeto que simbolizasse a relação.

— Que ideia original! Acho que vou escrever minha história e enviar um computador como objeto significativo — comentou Juliana.

— O namorado não saía do computador, foi isso que desanimou você? — perguntou Marisa.

A voz de Juliana deixou transparecer sua tristeza.

— É, foi por aí... Um namoro de seis anos, muitas idas e vindas, muitas brigas, até que não aguentei mais.

— É muito raro encontrar alguém que não tenha pelo menos uma história de coração partido. Esse museu deve estar entulhado de depoimentos. Estou curiosa para ler alguns — disse Regiane.

O grupo entrou no museu e, já no primeiro salão, veio a surpresa com a variedade de objetos expostos: vestidos de noiva, álbuns de casamento, bichos de pelúcia, cartas de amor, algemas e até vidrinhos com lágrimas. Na entrada, o depoimento do casal fundador explicava a finalidade do museu: oferecer a oportunidade de superar o término de um relacionamento doando um objeto significativo que traz recordações dolorosas, junto com um texto explicando o porquê. Ao escrever esse texto contando sua história, o doador do objeto desabafa e compartilha seu sofrimento, e isso pode ajudá-lo a superar a dor do coração partido.

— Vejam isso! Uma caixa feita com palitos de fósforo enviada por uma mulher da Eslovênia, haja paciência! — comentou Sofia.

— Por favor, leia a história pra mim. Esqueci meus óculos na bolsa que ficou no ônibus! — pediu Helena.

— "Meu marido fez essa caixa logo após o nosso casamento, quando ele estava no exército. Dezoito anos depois, ele me trocou por outra. Mas só nos divorciamos oficialmente depois do nosso aniversário de 25 anos de casados. Então, resolvi preparar uma surpresa pelas bodas de prata: comprei um bolo decorado com o número 25, cortei ao meio, e mandei a metade para ele. Nossos filhos comemoraram comigo e, em seguida, foram para a casa dele. O pai e a atual mulher ficaram chocados com a surpresa, mas comeram o bolo assim mesmo. E aí acabou-se o bolo e o nosso casamento também. Restaram-me esta caixa, dois filhos e muitas memórias. Quando descobri o museu, resolvi contar minha história e enviar a caixa de palitos de fósforos para tentar me livrar de lembranças tristes."

— E essa centopeia com várias perninhas arrancadas? Foi enviada por um homem da Bósnia. Vou ler a história para vocês — prontificou-se Anita — "Nós morávamos em cidades diferentes e nos encontrávamos de vez em quando. Ela me deu essa centopeia de pelúcia, e combinamos que tiraríamos uma perna sempre que conseguíssemos nos encontrar. Quando acabassem as pernas, iríamos morar juntos em alguma cidade. Mas o relacionamento terminou antes de conseguirmos amputar totalmente o bichinho."

— Credo, que maneira bizarra de marcar data de casamento! — comentou Juliana.

— E a história desse diabinho de pelúcia? Vou ler! — ofereceu-se Anita, mais uma vez — "Achei fofo quando ele me deu esse presente, logo no início do namoro, embora não tivesse compreendido o porquê dessa escolha. Nem imaginei que o tal diabinho representasse ele mesmo! Com o passar do tempo, ele foi se revelando um cara maquiavélico, agressivo, mau mesmo. O diabo em pessoa! Passei um bom tempo esperando que ele melhorasse, mas foi só piorando. Finalmente, perdi a esperança e desisti do relacionamento."

— O cara avisou desde o início, ela é que não entendeu. É uma grande ilusão achar que podemos mudar quem não quer ser mudado. Mas o que é isso, pessoal, a prótese de uma perna? Que história é essa? Foi doada por um veterano de guerra apaixonado por uma enfermeira — disse José Cláudio, que, em seguida, leu o depoimento: — "A perna durou mais do que o nosso amor" — Coitado, perdeu a perna e o amor — comentou.

O grupo entrou em outra sala em que se destacava um grande machado na parede. Juliana foi a primeira a chegar perto, curiosa para conhecer a história, enviada por uma mulher da Alemanha.

— Gente, essa eu vou ler pra vocês, é esquisitíssima! — "Foi a primeira mulher com quem eu quis morar junto, então propus que ela se mudasse para minha casa. Poucos meses depois, recebi uma proposta de passar três semanas nos Estados Unidos a trabalho. Ela me levou ao aeroporto, nos despedimos chorando, com saudades antecipadas. Quando voltei, para minha total surpresa, ela havia conhecido outra mulher quatro dias antes, e me disse que estava perdidamente apaixonada e que a outra poderia dar a ela o que eu não conseguia. Eu a expulsei de casa, e ela viajou com a outra dois dias depois, mas a mobília dela continuou na minha casa. Sem saber o que fazer com a raiva, comprei esse machado e, em cada um dos quatorze dias da viagem dela com a outra, eu destruía um pedaço de cada móvel que ela havia deixado, para que ela tivesse pelo menos uma ideia do que é a perda. Larguei os destroços espalhados pela sala, como uma expressão de como eu me sentia por dentro. Quanto mais cheia de pedaços de móveis ficava minha sala, melhor eu me sentia. Duas semanas depois, ela voltou para pegar a mobília e ficou chocada com o que eu havia feito. Levou todos aqueles pedaços e partiu para sempre. O machado foi terapêutico."

— Que história sinistra! Ainda bem que deu as machadadas na mobília, e não na companheira — comentou Regiane.

Juliana tentou organizar o grupo para evitar atrasos.

— Vamos, gente! Esse museu é superinteressante, mas o motorista e o guia já devem ter chegado. Teremos tempo para almoçar com calma e seguir viagem.

Enquanto o grupo se dirigia ao restaurante e o micro-ônibus retornava à praça da Catedral, avistaram uns vinte cavaleiros com vestes medievais, cena que formava um belo conjunto com os prédios antigos.

— Eles estão anunciando uma festa típica da cidade que vai acontecer na próxima semana — esclareceu o guia.

Já no restaurante, a garçonete, uma mulher de meia-idade, loura, alta, com dentes escurecidos e cara de poucos amigos, anotou os pedidos do grupo. Pouco depois, retornou com uma cesta de pães, uma garrafa de azeite e um pequeno prato.

— Recomendo vocês *pegar* um pedaço de pão. Os azeites da Croácia são de alta qualidade — disse o guia, colocando um pouco do azeite esverdeado no pratinho.

— Ai, meu Deus! Sujei a toalha branquinha! — exclamou Anita, que, por estar com muita fome, apressou-se a molhar um grande pedaço de pão, deixando o azeite pingar na toalha.

A garçonete, que anotava os pedidos da mesa ao lado, virou-se para ver o que havia acontecido. Imediatamente fechou a cara e esbravejou com o guia, criando um clima constrangedor.

— Nossa, ficou brava! O que ela disse? — perguntou José Cláudio.

— Ela reclamou. Disse que vocês não foram cuidadosos, falou que dá um trabalho danado tirar mancha de azeite das toalhas.

— Juliana, que lugar é esse que escolheram pra nós? Será que o pessoal é mal treinado? Sujar acidentalmente a toalha da mesa é normal e, além do mais, a mulher nem sequer trouxe pratos suficientes para colocarmos azeite e molhar o pão. Agora, aturar cara feia e levar bronca de quem está prestando um serviço é demais, não é não? — questionou Sofia, irritada.

O guia local esclareceu que o setor de turismo na Croácia estava começando a se expandir e, por isso, a qualidade dos serviços ainda deixava a desejar.

Após o almoço, o grupo seguiu viagem para a cidade de Rijeka, a cerca de duas horas de Zagreb, passando por estradas cheias de plantações, com muitos espantalhos para protegê-las dos pássaros. Como Rijeka é uma cidade industrial sem grandes atrativos, o guia sugeriu um passeio extra, a seis euros por pessoa, até Opatija, um balneário no mar Adriático, com "praia de cimento" que tem a aparência de um piscinão. Como todos concordaram, passaram por Rijeka e percorreram mais vinte quilômetros.

— Aqui vocês *pode* passear por meia hora — disse o guia.

— Ai, os erros de português desse guia ferem meus ouvidos! — reclamou Regiane.

— Além do mais, essa praia-piscinão não tem graça nenhuma! — Helena comentou.

— Juliana, você acha correto pagar um extra para ver isso? O melhor seria ir direto para o hotel para descansarmos, porque amanhã teremos de acordar cedo, não é? — sugeriu Sofia, também insatisfeita.

— Peço desculpas a todos vocês. Esse passeio não estava no roteiro, e fui pega de surpresa com a sugestão do guia. Prometo colocar essa observação no relatório para o meu chefe.

Juliana chegou ao hotel em Rijeka exausta e preocupada com o nível de exigência dos viajantes. Esclareceu ao grupo que o jantar seria no restaurante do próprio hotel e que, às sete da manhã do dia seguinte, as malas deveriam ser colocadas na porta dos quartos, antes de o grupo descer para o café da manhã. Em seguida, embarcariam no micro-ônibus para dar sequência à viagem. Juliana tomou apenas um prato de sopa de ervilhas e foi para o quarto se comunicar com o chefe e mandar mensagens para a família e os amigos.

Assim que viu a mensagem da irmã, Carol compartilhou animada as novidades com a avó e a mãe.

— A Ju está sugerindo que a gente vá visitar o Museu Internacional de Arte *Naïf* no Rio, assim que ela voltar para o Brasil. E esse Museu das Relações Terminadas deve ser surreal, pena que não tenha nada parecido por aqui — A menina franziu a testa ao ler o restante da mensagem: — Coitada da Ju, deve estar estressada!

Tem gente reclamando da comida, dos serviços e até dos passeios...

— Pois é, na vida nem tudo são flores — comentou Renata.

— Normal, né, mãe? Pelo menos ela está conhecendo lugares novos. Melhor do que ficar aturando cliente chata que experimenta dúzias de roupas e sai sem comprar nada.

— Com certeza, filha! Me dão nos nervos essas mulheres que me fazem perder tempo. Não ganho nem um dinheirinho de comissão e ainda tenho de fingir que está tudo bem — Renata desabafou, pensando no trabalho, inclusive aos sábados, em uma loja de roupas femininas.

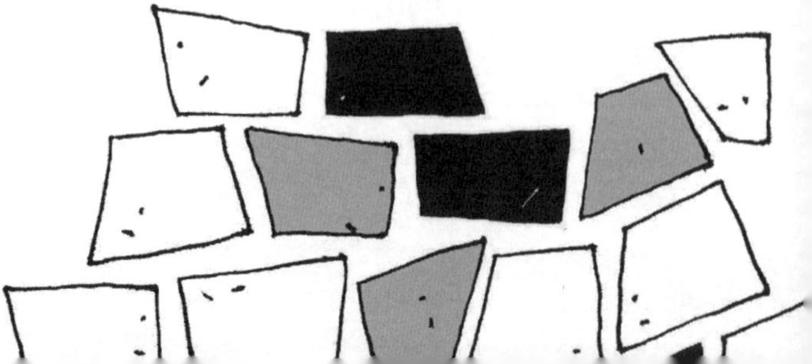

Trabalho em grupo

Analice precisou chamar Carol duas vezes até ela acordar para tomar o café da manhã antes de ir para a escola.

— É isso que dá ficar até altas horas trocando mensagens com os amigos — repreendeu Analice, que, por mais que se esforce, não consegue dar uma bronca na neta sem adoçar a voz, mostrando que entende o mundo dos adolescentes.

— Ah, vó, na sua época era fácil dormir cedo, não existiam tantas tentações. Fiquei até tarde trocando mensagens com minhas amigas. Elas estão gastando um tempão para me convencer de que eu não fiquei horrenda com esses óculos.

— Você é linda de qualquer jeito, queridinha! Está usando óculos há menos de uma semana, não deu tempo de se acostumar com seu rostinho no espelho — Analice abraçou carinhosamente a neta.

— Baixinha e usando óculos... Só falta ter de usar aparelho nos dentes e ficar com a cara cheia de espinhas. Aí nunca mais eu teria coragem de me olhar no espelho.

— Fazendo drama de novo, menina? — disse Renata, que

acabara de entrar na cozinha para tomar o café da manhã. — Não adianta brigar com você mesma e nem com o espelho. Cada um é o que é. Há muitos tipos de beleza, trate de descobrir o seu.

— Ah, mãe, pra você é fácil. Morena, olhos verdes, corpão, os caras acham o máximo. E eu? Olhos castanho-escuros, que graça tem isso? — Carol fez um muxoxo de desgosto e baixou a cabeça.

Renata acariciou a cabeça da filha.

— Uh, uh, coitadinha, se achando feinha. Agora chega de lamentações, está na hora de se arrumar e ir para a escola.

Já na primeira aula, uma surpresa: a professora Rosilene falou da Década do Patrimônio Museológico e avisou que, além dos museus, monumentos e cidades históricas, estudariam o Patrimônio Cultural Imaterial, relevante para a memória, para a identidade e para a formação das sociedades. A fim de pesquisar diferentes aspectos do tema, a professora propôs que a turma fosse dividida em grupos de três pessoas. Carol levantou o braço, pedindo a palavra:

— Minha irmã está na Croácia trabalhando como guia de turismo e visitou o Museu das Relações Terminadas.

Curiosos, a professora Rosilene e os colegas quiseram saber mais detalhes. Carol pediu licença para ligar o celular e pegar a mensagem da irmã. Leu inclusive a parte em que Juliana relata o desejo de mandar para o museu a história do término do seu namoro com Lucas.

— Professora, música pode ser patrimônio imaterial? — questionou um aluno. — É que li alguma coisa sobre isso.

— Sim, claro! No Brasil, os sambas, por exemplo, foram incluídos na lista. Em 2005, o samba de roda do Recôncavo Baiano foi reconhecido pela Organização das Nações Unidas para a Educação, a Ciência e a Cultura, a Unesco, como Patrimônio da Humanidade. Alguns anos depois, o Iphan, que é o Instituto do Patrimônio

Histórico Cultural, reconheceu as matrizes do samba carioca como Patrimônio Cultural Imaterial.

— Ótimo! Já decidi o que quero pesquisar! — animou-se Carol. — Minha avó frequenta uma roda de samba, adora cantar e conhece um monte de histórias dos sambistas! Quem quer ser do meu grupo?

— Assim é mole, tá na cara que a vovozinha vai fazer o trabalho pra você — comentou um colega, com ar zombeteiro.

Antônio e Manu, os melhores amigos de Carol, se apressaram a formar o grupo com ela.

— Professora, por favor, coloque aí os nossos nomes! É bom saber que alguns colegas vão morrer de inveja, porque, além de nos ajudar, vovó vai fazer seus deliciosos quitutes para alegrar nossas reuniões — Carol fez questão de provocar, encarando o colega que tinha zombado dela.

Ao final do horário, Carol foi uma das primeiras a sair da sala. Andou pela rua com passos rápidos para pegar o ônibus, que não demorou a chegar. Entrou correndo em casa, jogou a mochila no sofá, ansiosa para contar as novidades à avó, que passara o dia na cozinha, onde preparou oitocentos salgadinhos e um bolo confeitado para a festa de aniversário de 80 anos de uma cliente, e agora cozinhava polvo, lulas e camarões para a salada de frutos do mar do jantar. Entusiasmada com o trabalho da neta, Analice se prontificou a participar, e argumentou:

— O primeiro samba foi composto em 1917. De lá pra cá, um monte de compositores fizeram milhares de sambas. Seria bom escolher um tema pra facilitar a pesquisa, senão o trabalho vai ficar gigantesco. O que você acha?

Carol ficou pensativa, concentrada em suas ideias.

— Ah, já sei! Pensei nas histórias do Museu das Relações Terminadas e na Ju chorando quando dispensou o Lucas. E aí, vó?

Você conhece sambas que falam sobre corações partidos?

— Ótima ideia, queridinha! Sim, conheço dúzias de sambas com esse tema, a começar por um gênero chamado samba-canção, também conhecido como "samba de meio de ano", porque era feito fora da época do Carnaval. Muitos deles foram compostos nas décadas de 1940 e 1950. Era o auge do clima da "dor de cotovelo". Cantores e cantoras expressavam intensamente a mágoa, a tristeza e o desespero descritos nas letras. Naquela época, parecia que amar era sinônimo de sofrer.

— Canta um samba-canção bem dramático pra mim? — pediu Carol, dando um abraço na avó, que agora se ocupava de lavar folhas de alface, agrião e rúcula para finalizar a salada.

— Tudo bem. Um dos meus favoritos chama-se *Ouça.* Foi composto por Maysa Matarazzo quando estava sofrendo por ter se separado do marido — Analice tratou de colocar a coluna reta, regularizou a respiração e começou a cantar com sua voz encorpada e afinada.

Ouça, vá viver
Sua vida com outro bem
Hoje eu já cansei
De pra você não ser ninguém

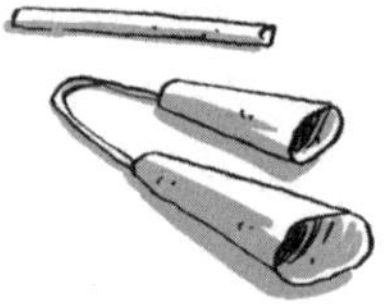

— Que letra linda e triste, vovó! A Ju choraria se ouvisse você cantar essa.

— Principalmente quando ouvisse a parte em que a Maysa diz que o marido um dia vai lembrar de quando recusava os seus pedidos de carinho — Analice completou, pesarosa.

— Foi assim que a Ju se sentiu com aquele moleque do Lucas enfiado no computador e no celular o tempo todo, sem dar a menor atenção pra ela, né?

— Foi isso mesmo. E o Lucas não engordava de ruindade, não é não? Não tirava o olho da tela nem quando devorava um monte de salgadinho de batata e de amendoim junto com litros de refrigerante — comentou a avó, já no preparo do molho da salada, que levava azeite, limão, mostarda e mel. Em seguida, Analice iria para sua aula de hidroginástica.

— Ai que loucura, vó! Cheguei tão animada pra falar com você sobre o trabalho de grupo que esqueci meu celular dentro da mochila — disse Carol, com os olhos arregalados e as mãos na cabeça.

Correu até a sala, abriu a mochila e pegou o celular. Além das mensagens de Antônio e Manu, ansiosos para saber se a amiga já havia conversado com a avó, havia uma longa mensagem de Juliana, com novidades da viagem.

> *Gente, passei por um sufoco que vocês nem imaginam! Mas vou começar contando coisas boas. Na estrada cheia de curvas de Rijeka para Split, passamos por belas paisagens com o mar Adriático ao fundo, de cor azul-petróleo. Paramos para almoçar em Zadar e o guia local se despediu do grupo, apresentando seu substituto, um croata que só falava inglês.*
>
> *Em Zadar, visitamos a Igreja de São Donato, que fora construída no século IX sobre o que restou de um fórum romano, erguido alguns séculos atrás. Ao lado dessa igreja, em frente ao mar, ainda há ruínas romanas. Como o calor estava intenso, paramos em uma das muitas sorveterias (a cidade é famosa por seus sorvetes artesanais) antes de continuarmos encarando o sol para ver dois trabalhos muito criativos de Nikola Bašić, um arquiteto croata contemporâneo. Um deles é a "Saudação ao Sol", um grande círculo formado por trezentas placas que armazenam energia do Sol durante o dia para, a partir do pôr do Sol, se iluminar como a aurora boreal, num* show *de cores. O outro é o "Órgão do mar", que é uma escada de*

mármore à beira-mar, com tubos embutidos. O movimento das ondas desloca o ar, que produz sons melodiosos como o do órgão.

Almoçamos no restaurante de um hotel: peixe grelhado com salada de batata, lula e polvo, parecida com a que a vovó faz. Depois, passeamos em Trogir, uma cidade medieval com ruas bem estreitas, e uma fortaleza enorme, pertinho do mar. A cidade é Patrimônio Histórico da Unesco.

Nesse passeio, Carlos Eduardo se aproximou de mim para me contar que viu o novo guia tirar algumas vezes da mochila uma garrafa de bebida para tomar grandes goles. Fiquei preocupada, sem saber o que fazer. Meia hora depois, chegamos a Split, e foi o maior barraco na entrada do hotel. O guia, visivelmente alcoolizado, falou com a voz bem alta que teríamos de deixar os passaportes na recepção até a manhã do dia seguinte. A maioria discordou, porque não havíamos feito isso nos hotéis anteriores. Ele ficou irritado. E disse, aos gritos, que precisávamos entender que estávamos na Croácia e, por isso, teríamos de deixar os passaportes na recepção sem criar confusão. Sofia se enfureceu, apontou o dedo para a cara do guia, e disse que todos ali estavam acostumados a viajar pelo mundo todo e sabiam muito bem que era perigoso deixar os passaportes nas recepções dos hotéis, pelo risco de extravio e de furto. O guia ficou transtornado: arrancou o passaporte da mão da mulher, que se enfureceu ainda mais. Cheguei a pensar que ela iria bater nele! Os dois casais tentaram interferir a favor do guia e disseram que seria melhor respeitar as exigências do país. Os demais argumentaram que ninguém havia retido os passaportes nos outros hotéis, que isso não passava de uma ideia maluca do guia bêbado. Com todo esse bate-boca, o clima entre as pessoas do grupo ficou horrível!

Tive vontade de sumir no meio da confusão. No final, para tentar resolver o problema, eu me ofereci para ficar na recepção até os funcionários conseguirem tirar as fotocópias de todos os passaportes do grupo para devolvê-los a seus donos. Duas horas de pé no balcão, ouvindo mais reclamações dos insatisfeitos... Ai, meu Deus, será que eu vou aguentar trabalhar como guia? A gente visita lugares lindos e descobre coisas interessantes, mas surgem tantos problemas... Não sei se vou conseguir dar conta de tudo isso.

Queridas, peço desculpas pelo tamanho da mensagem, mas eu precisava desabafar. Agora vou me comunicar com meu chefe para relatar essa confusão e ver se é possível substituir o guia local, porque continuar com esse vai ser difícil.

Os dedos pequenos e ágeis de Carol rapidamente digitaram uma resposta para Juliana:

Querida irmã, espero que o resto da viagem seja mais tranquilo. Quero que você saiba que o que você nos contou sobre o Museu das Relações Terminadas inspirou meu trabalho de grupo sobre Patrimônio Museológico. Vovó conhece muitas letras de samba que falam sobre corações partidos e esse será o tema do nosso trabalho. Quando você voltar da viagem, ainda estaremos no meio dessa história e, quem sabe, você também participa. Pelo que a vovó deu a entender, as desilusões amorosas inspiraram muitos compositores a criar lindas músicas. Estou curiosa para conhecer algumas dessas histórias. Talvez isso ajude você a desencanar do Lucas de uma vez por todas!

Por falar nisso, dou a maior força para você mandar sua história para o Museu das Relações Terminadas. Esses moleques viciados em computador nem percebem como é bom ter ao lado garotas legais como você! Bjssssss!

Em seguida, Carol respondeu às mensagens de Antônio e de Manu, contando que a avó dera ótimas ideias para o trabalho e que eles poderiam se encontrar na casa dela na tarde seguinte.

Já estava quase na hora de jantar, e Carol deixou as mensagens pendentes para ler depois. Antes de entrar no banho, examinou-se atentamente no espelho em diversos ângulos, com e sem os óculos. Estava ansiosa para experimentar um novo creme de pentear para definir melhor os cachos e reduzir o volume do cabelo. "Vou tentar seguir o conselho da mamãe, e descobrir minha beleza, mesmo usando óculos. Mas será que ainda consigo crescer um pouco mais? Seria bom...".

Renata bateu na porta do banheiro.

— E aí, filha? Tomando banho de princesa? Cheguei do trabalho e preciso relaxar com um bom banho quente antes de jantar.

— Já estou saindo, mãe! — a menina abriu a porta enrolada na toalha, com o pote do creme de pentear em uma das mãos.

Renata alisou os cabelos da filha.

— Coloque só um pouquinho de creme, viu? Dizem que esse é muito bom para modelar os cachos.

— Espero que funcione. Cabelos bonitos são como a moldura de um quadro, né, mãe? Valorizam o rosto. Quem sabe isso vai melhorar meu visual com esses óculos?

— Chega de drama, menina! Duas horas na ótica experimentando uma dúzia de armações, escolheu a que quis e ainda não se conforma por precisar usar óculos? Vamos lá, agora é minha vez de entrar no banho. Depois a gente janta e conversa.

Enquanto esperava a mãe, Carol lembrou-se da avó cantando *Ouça* e ficou curiosa para descobrir algum vídeo de Maysa interpretando sua composição. A pesquisa mostrou algumas opções, e ela decidiu mostrá-las à avó, que havia chegado da hidroginástica e retocava seu penteado afro. Carol mostrou os vídeos que selecionara. Analice sugeriu um deles, filmado em preto e branco. As duas riram muito vendo os pares de dançarinos realizarem uma coreografia típica da época. Maysa usava um vestido tomara que caia, cabelo armado cheio de laquê e uma maquiagem pesada. Cantava sentada em um sofá, e a voz soava dramática e sofrida.

— Vó, olha a cara que a Maysa faz quando canta que espera que o homem fique chorando de saudade quando ela for embora!

— É o que ela gostaria que acontecesse, né? Alguns só dão valor quando perdem. Aí ficam românticos, sedutores, fazem de tudo pra reconquistar. Mas outros arrumam outra na mesma semana, nem ligam.

O vídeo estava quase no final quando Renata entrou no quarto.

— O que vocês duas estão vendo de tão engraçado?

— É um vídeo da Maysa, de 1958. Eu ainda era uma menina, mas me lembro claramente dos programas de televisão em preto e branco em que ela aparecia cantando — Analice revelou.

— E eu ainda nem sonhava em nascer — comentou Renata.

— Antônio e Manu vão achar esse vídeo bizarro! Mas acho que não vai ser bom incluir isso no trabalho. A música é muito lenta, o pessoal acha que samba é só Carnaval e pagode. Por falar nisso, vovó, marquei com eles amanhã à tarde aqui em casa. O que você pode fazer para o nosso lanche?

— Que tal pão de batata pra comer com berinjelas à parmegiana e suco de abacaxi com hortelã para acompanhar?

— Bom demais! Quando eu crescer, quero ser boa cozinheira como você, vovó!

— Ótima ideia! Melhor que sua mãe, que não quis aprender nem a fazer arroz e feijão — provocou Analice, olhando para Renata.

— Ah, mãe, não me perturbe, você sabe muito bem que eu e o fogão nunca nos entendemos. Pelo menos eu me garanto lavando a louça e passando a roupa.

— E teve a sorte de conhecer o papai, que adora cozinhar e fazia a comida pra gente quando vocês eram casados — comentou Carol.

— O pai da Ju não sabia fazer nem ovo mexido. Ainda bem que

sua mãe e ele nem chegaram a morar juntos, senão eu queria ver como eles iriam se virar — Analice deu uma boa gargalhada.

— Ih, acho bom mudar de assunto. Não quero ficar lembrando dos meus ex... Carol, quem faz parte do seu grupo?

— Antônio e Manu, mãe.

— E o Antônio, continua a fim daquela menina que não dá a menor bola pra ele?

— Continua. A Manu e eu já até sondamos a Rafaela pra ver qual é a dela. Ela gosta de um garoto do oitavo ano que nem sabe que ela existe. Engraçado, né? Ele gosta dela, ela gosta de outro que nem liga pra ela.

— Isso está parecendo um poema do Drummond chamado "Quadrilha", conhecem? — perguntou Analice.

— Não faço ideia, vó. Diga aí!

— Não me lembro de tudo, mas começa com João amava Teresa que amava Raimundo que amava Maria... Enfim, amores não correspondidos. Quase todo mundo passa por isso.

— É mesmo! Acho que o Antônio precisa ler esse poema. Quem sabe ele desiste da deusa que não está nem aí pra ele — Carol riu enquanto tornava a se examinar em vários ângulos no espelho do armário.

Um clima desagradável

Juliana acordou uma hora antes de o despertador tocar. Estava tensa e preocupada. Sabia que não seria possível trocar o guia assim, de repente, e receava que o clima entre as pessoas do grupo piorasse ainda mais. Na parte da manhã, em Split, estava programada uma visita ao Palácio de Diocleciano, construído no século III para ser a residência do imperador romano após ter abdicado do trono. Em seguida, fariam algumas horas de viagem até Dubrovnik, uma cidade medieval cercada por muralhas.

Não havia ninguém do grupo quando Juliana chegou ao salão onde o café da manhã era servido. A guia pegou um copo de suco de laranja e algumas frutas. Do seu lado, um rapaz e um homem de meia-idade conversavam em português enquanto pegavam pão, presunto e queijo.

— Bom dia! Vocês são brasileiros passeando pela Croácia?

— Sim! Moramos no Rio de Janeiro, acordamos cedo e com fome. Aí nos apressamos para descer e comer alguma coisa. Você também está passeando por aqui? — perguntou o rapaz.

— Sou guia de um grupo. Também moro no Rio! Acordei cedo e fui a primeira a chegar para o café.

— Quer se sentar em nossa mesa? — convidou o rapaz.

Juliana sorriu.

— Tudo bem, obrigada. Só que, quando alguém do grupo chegar, vou ter de começar a trabalhar.

A conversa durou poucos minutos: o rapaz e o pai estavam com outro grupo que passaria alguns dias na região visitando ilhas próximas, indicadas para a prática de mergulho.

Ao ver Regiane, Helena e Sofia no salão, Juliana pediu licença aos dois e se levantou. O rapaz fez questão de deixar seus contatos e também pediu os dela, e combinaram de trocar impressões sobre a viagem.

— E, então, Juliana, conseguiu falar com seu chefe para providenciar a troca do guia? — perguntou Sofia, com a voz um tanto áspera.

— Sim, relatei o ocorrido. Mas, devido à diferença de fuso horário, não sei se houve tempo hábil para fazer a substituição. A agência local abrirá daqui a pouco. Vamos aguardar para ver o que será resolvido.

— Depois do que aconteceu, acho inaceitável continuar com esse guia! — disse Helena, irritada.

Juliana tentava acalmar os ânimos e avisou que iria até a recepção para se comunicar com a agência local. Ao chegar, ficou surpresa ao ver o guia acompanhado por dois homens altos, que vestiam terno e gravata. Teve um mau pressentimento: "Ai, meu Deus, problemas à vista!".

Após as apresentações, Juliana entendeu que os homens eram funcionários enviados pela agência com o propósito de defender o guia. Na conversa, explicaram que, na Croácia, era normal reter os passaportes na recepção até os funcionários completarem os trâmites burocráticos. O guia sorriu satisfeito, com o ar arrogante de quem havia vencido a batalha, mas ele não esperava que Juliana contasse aos funcionários que alguns passageiros haviam ficado chocados com a postura agressiva daquele guia e com o fato de ele estar alcoolizado. Ao ouvir isso, o guia gritou com Juliana, negando a acusação, e afirmou que tudo o que tinha feito era reagir à grosseria da mulher que partira para cima dele com o dedo em riste.

Nesse momento, as três amigas chegaram à recepção. Sofia, que tinha se exaltado com o guia, esbravejou novamente com ele e com os funcionários, e reafirmou que ele estava completamente bêbado no dia anterior. O guia se enfureceu e, aos berros, chamou-a de mentirosa, numa atitude totalmente descontrolada. Os outros integrantes do grupo se aproximaram, engrossando a discussão, uns contra, outros a favor do guia, e a confusão foi generalizada. Os dois funcionários da agência chamaram o guia para uma conversa particular, enquanto Juliana tentava acalmar a turma, prometendo que se empenharia para encontrar uma solução.

Pouco depois, um dos funcionários se aproximou do grupo, desculpou-se pelo ocorrido e explicou que o guia levaria uma advertência. Reconheceu que, de fato, o colega se comportara mal, mas que, infelizmente, a agência só disporia de um substituto no dia seguinte. Prometeu, também, que os passageiros seriam compensados com um jantar de cortesia no melhor restaurante do centro histórico de Dubrovnik. O guia ficou cabisbaixo, como se estivesse se sentindo humilhado. A contragosto, pediu desculpas ao grupo e se comprometeu a fazer seu trabalho com profissionalismo.

Com essas medidas, os ânimos se acalmaram. Ao ouvir alguns passageiros lamentando o atraso de mais de uma hora para começar o passeio, Carlos Eduardo comentou:

— Agora vamos tratar de restaurar o bom convívio entre todos e aproveitar a viagem. A Croácia é um museu a céu aberto: o

Palácio de Diocleciano foi selecionado pela Unesco para ser Patrimônio da Humanidade, e o centro histórico de Dubrovnik também. A estrada que vai de Split até lá é belíssima, pelas montanhas, com vista para o mar Adriático. Vamos curtir!

— Você viaja antes da viagem, né? Conhece detalhes do que vai visitar, vê vídeos sobre os lugares e conta tudo para a gente, que bom! — elogiou Marisa.

Durante o percurso até o Palácio de Diocleciano, o guia deu algumas informações, numa tentativa de ser gentil e bem-educado. Quando chegaram, as pessoas ficaram impressionadas com a grandiosidade e o bom estado de conservação do lugar, construído próximo ao mar, com muitas palmeiras ao redor. O guia mostrou vários palacetes que, nos séculos seguintes, foram erguidos em torno do palácio, assim como muitas casas que, atualmente, funcionam como locais de comércio e pequenos hotéis. Visitaram ainda o mausoléu que o imperador Diocleciano mandou construir para si mesmo, no interior do palácio, no qual estão depositados seus restos mortais.

Após o almoço, mais algumas horas de viagem até Dubrovnik, conhecida como "a pérola do Adriático". Como dissera Carlos Eduardo, a estrada sinuosa, pelas montanhas, descortinava paisagens belíssimas. O dia ensolarado, o céu com poucas nuvens, acentuava o azul-cobalto do mar.

Ao chegarem ao hotel, a surpresa: discretamente, o guia conversou com o senhor da recepção que, gentilmente, atendeu a todos, sem reter os passaportes. "Ufa, a bronca que o guia levou foi eficiente!" — pensou Juliana, aliviada.

Todos receberam as chaves dos respectivos quartos e combinaram um horário para o encontro na recepção. Iriam passear pelo centro histórico de Dubrovnik e aproveitar o jantar de cortesia, sem a presença do guia local.

À noite, passar pelo portal da parte antiga de Dubrovnik é uma experiência impactante. As pedras da rua principal, cheia de lojas, bares e restaurantes, brilham com a iluminação, que também embeleza os monumentos e as muralhas, dando um toque mágico ao centro histórico construído no século VII. À luz de velas, com entrada, prato principal, sobremesa e bebidas liberadas, o jantar maravilhoso deixou todos satisfeitos. Com animação, o grupo já conversava sobre o passeio do dia seguinte, quando visitariam os principais pontos turísticos da bela cidade.

Juliana chegou exausta ao hotel, mas aliviada por constatar que a tensão e o desconforto do grupo haviam se dissipado. Fez um relatório para o chefe narrando os acontecimentos do dia, colocou novas fotos para compartilhar na rede de contatos e passou uma mensagem para a família. Leu as mensagens pendentes. Uma delas a deixou feliz: Rodrigo, o rapaz carioca que conhecera no café da manhã, entrara em contato.

"Oi, Juliana, espero que você esteja bem! Quando passei pela recepção, vi que estava rolando um estresse com seu grupo. O que aconteceu? Dê notícias! Já estou na ilha de Hvar, conhecida como o paraíso do Adriático, e é mesmo! A Croácia tem mais de mil ilhas, mas acho que escolhemos a certa. A água é cristalina, e vimos muitas plantações de lavanda que deixam o ar perfumado."

Feliz da vida, Juliana respondeu à mensagem de Rodrigo e sintetizou as novidades do dia para a família:

> *Oi, gente, tudo bem? O dia aqui foi de fortes emoções. De manhã, a saída atrasou por conta de um problemão entre o guia local e os passageiros. Mas, felizmente, tudo acabou bem e fizemos um belo passeio. Vejam as fotos e os comentários que eu coloquei na rede. De brinde, conheci um cara muito charmoso que está viajando com o pai dele e já recebi uma mensagem. Também mora no Rio e deve ter mais ou menos a minha idade. Muito lindo, ele! Beijos, saudades!*

Ao acordar, Carol viu a mensagem da irmã. Ficou encantada com as fotos, que mostrou para a mãe e a avó enquanto tomavam o café da manhã.

— Incrível como eles preservam construções tão antigas! Bem diferente das que são feitas agora — a garota comentou.

Imaginando as cenas, Renata disse, com o olhar perdido para o teto:

— Quando eu estava na escola, gostava de assistir às aulas de História e imaginava como as pessoas viviam em outras épocas. Às vezes, eu me via como uma princesa com roupas engomadas e o cabelo bem armado; outras vezes, como uma camponesa, morando em um casebre sem água encanada, sem eletricidade, tendo de carregar lenha para fazer comida...

— Ah, então, como camponesa você sabia cozinhar! — Analice deu uma boa risada.

— Ih, ainda preciso acabar de arrumar minha mochila! Vó, então está combinado, Antônio e Manu vão chegar lá pelas três da tarde e, às sete, papai vai passar aqui pra me buscar — Carol beijou a avó e a mãe antes de correr para o quarto.

***

O dia amanheceu chuvoso em Dubrovnik. A nova guia era uma mulher jovem, que falava português razoavelmente bem e parecia muito amável. Iniciaram a visita pelo Mosteiro de São Francisco, onde está a farmácia mais antiga da Europa. O local também abriga uma biblioteca com cerca de 60 mil livros antigos, no entanto, poucos ficam expostos ao público.

Em seguida, foram ao Palácio do Reitor, onde havia muitas celas nas quais os prisioneiros ficavam encarcerados. A guia explicou que as penas de morte variavam de acordo com a classe social dos condenados: os ricos eram guilhotinados no pátio interno do palácio, e os pobres eram enforcados em praça pública. No pátio interno, a guia apontou para o busto de Miho Pracat, esculpido em bronze, o único plebeu a ganhar tal honraria. Pracat enriqueceu como mercador e, por não ter tido herdeiros, doou seus bens ao governo e para obras de caridade. A história dele é interessante: juntou dinheiro para comprar um navio, que foi afundado por piratas. Recuperou-se e comprou um segundo, que teve o mesmo destino. Desanimado, sentou-se à beira do mar e observou um lagarto que só após a terceira tentativa conseguiu subir em uma pedra. Pracat resolveu fazer o mesmo: comprou um terceiro navio, e tornou-se um mercador bem-sucedido que fez grande fortuna.

A guia contou ainda que a guerra ocorrida entre 1991 e 1995 pela independência da Croácia, até então pertencente à extinta Iugoslávia, destruiu grande parte da cidade. Porém, quando a Unesco tornou-a Patrimônio da Humanidade, Dubrovnik foi reconstruída em apenas um ano, abrindo as portas para o turismo mundial.

O ponto seguinte do passeio os levou à Catedral de São Braz, o padroeiro da cidade, cujos restos mortais estão encerrados em braços e pernas de prata, sendo que o crânio está contido em uma coroa bizantina de prata dourada. A catedral original foi muito danificada: a cúpula caiu sobre o altar principal em um terremoto no século XX e foi substituída por um altar moderno, que não combina com o estilo da igreja.

Na hora do almoço, a turma desfrutou deliciosas massas caseiras e sorvetes artesanais num restaurante italiano. Ao término da refeição, todos foram caminhar pelas muralhas que circundam a cidade antiga, com vistas magníficas para o mar e para o casario antigo. A chuva persistente da manhã havia dado lugar a uma tarde ensolarada. Carlos Eduardo leu um cartaz que anunciava um concerto com a Orquestra Sinfônica de Dubrovnik, com apresentação de sinfonias de Haydn e Mendelssohn, no final da tarde. Ele, Juliana, Roberto e Marisa decidiram ficar para ouvir o concerto; os demais, cansados, preferiram voltar para o hotel.

***

Manu chegou pontualmente à casa de Carol, mas Antônio se atrasou meia hora. Enquanto esperavam o amigo, as duas observaram Analice preparar o molho de tomate com cebola, salsa, cebolinha, orégano e azeitonas pretas fatiadas, no qual colocaria as berinjelas cortadas em rodelas grossas para, em seguida, gratiná-las com queijo, uma rodela de tomate e uma folha de manjericão em cima de cada uma. O pão de batata já estava no forno, e o cheiro tentador impregnou a cozinha. Na bancada, a encomenda para uma festa de 15 anos era um lindo bolo coberto com glacê branco e enfeitado com um ramo de flores.

— Nossa, que delícia! Lá em casa todos nós gostamos de berinjela. Vou dar essa ideia pra minha mãe — disse Manu.

— Eu já passei essa receita para o meu pai. Ele adorou!

— E hoje, Carol, será que a namorada do seu pai vem junto com ele pra buscar você? — Manu sabia que a amiga preferia ficar sozinha com o pai.

— Sei lá... Bem que ela poderia dar uma folga, né? Passa todos os finais de semana na casa dele, e fica se metendo nas nossas conversas. Papai diz que ela gosta de participar. Ai, que saco, preferia que ela ficasse na dela, trancada no quarto — desabafou.

— Filhinha querendo o papai só pra ela... Mas eles se gostam, fazer o quê? — Analice piscou para a neta, com carinho.

O interfone tocou, era Antônio.

— Atrasado, hein? — brincou Manu.

— Mas, em compensação, descobri um *site* com milhares de letras de músicas de centenas de compositores. E, além disso, peguei informações mais detalhadas sobre o samba como Patrimônio Imaterial. Não é qualquer tipo de samba que vale, sabiam?

— Como assim? — perguntou Manu.

— Por exemplo, o Iphan elegeu as matrizes do samba carioca como Patrimônio Imaterial: o partido-alto, o samba de terreiro e o samba-enredo.

Analice interveio.

— Acho interessante esclarecer isso no trabalho, sim. Em poucas palavras: o partido-alto nasceu nas rodas de batucada. O refrão se repete e depois há os improvisos em torno do tema. O samba de terreiro ganhou esse nome por se referir ao lugar de encontro dos sambistas, que cantavam sobre as experiências de vida e sobre o amor nas áreas das escolas de samba ou nos quintais das casas suburbanas. E todo mundo sabe o que é o samba-enredo, as músicas compostas para os desfiles carnavalescos, com letras que narram em detalhes o tema escolhido pela escola de samba.

— Vó, acho melhor a gente começar o trabalho aqui na cozinha mesmo, pra você nos ajudar enquanto acaba de preparar nosso lanche.

— Só ajudar, né? São vocês que vão fazer a pesquisa e escrever o texto, certo?

— Claro, dona Analice! Mas a senhora pode nos orientar, pra gente não se perder com tantas informações — sugeriu Manu. — Por exemplo, que compositores a gente pesquisa primeiro?

— Na minha opinião, vocês poderiam começar pelos mais antigos. Vou falar dos meus preferidos: Lupicínio Rodrigues, Dolores Duran, Ary Barroso. E por hoje chega, não é? Ah, e a

Maysa. Carol, você vai mostrar aquele vídeo pra eles?

— Agora mesmo! Vocês vão achar hilário.

Riram muito com as caras e bocas da cantora e dos dançarinos, acompanhados por uma grande orquestra tocando *Ouça*.

Analice estava se divertindo.

— Outros tempos... Bem diferente das músicas e das danças que vocês curtem, não é mesmo?

Antônio tomou a frente.

— Então vamos começar pelas composições da Maysa. Olhem só a lista. Dona Analice, pode nos ajudar a escolher outra, além de *Ouça*? Só pode ser samba. Bolero, baião, *funk* e outros ritmos não entrarão nessa pesquisa.

— Procure *Meu mundo caiu*. É um samba-canção bem dramático, como o clima da época em que foi composto.

Antônio percorreu rapidamente a lista.

— Achei! Está aqui a letra, vamos ver.

—Tenho uma ideia. Como serão muitos sambas e o tema é coração partido, a gente pode selecionar só os trechos mais significativos das letras, senão o trabalho vai ficar gigante. O que acham? — sugeriu Carol.

— Boa ideia! A gente poderia fazer, tipo assim, uma colagem mostrando pedaços de letras e algumas histórias de como os compositores se inspiraram para criá-las — Manu completou.

— A vovó poderá nos ajudar nisso. Ela conhece muitas histórias!

— Tudo bem. Eu conto e vocês escrevem o texto, combinado?

— Vejam se está boa essa seleção de *Meu mundo caiu* — sugeriu Antônio — E há também um vídeo, com a Maysa cantando com a maior tristeza, acompanhada por três dançarinas de saias rodadas e cintura fina.

Meu mundo caiu
E me fez ficar assim

Assim que leu as duas primeiras frases, Manu comentou:

— Se o mundo da pessoa cai quando é abandonada, é melhor nem se apaixonar.

— Mas preste atenção na mensagem do final — comentou Analice — Quando sofremos uma desilusão, ficamos no chão. Precisamos aprender a levantar pra seguir em frente. É interessante isso, porque, tempos depois, Paulo Vanzolini compôs *Volta por cima* — Cantarolou o refrão: — “Levanta, sacode a poeira e dá a volta por cima!”

Carol franziu a testa.

— Gente, vocês não acham que essas músicas estão dramáticas demais? Todo mundo associa samba com alegria, e isso aí é uma tristeza só.

Antônio estava curioso e quis saber mais:

— Depois a gente resolve o que entra no trabalho, Carol. Agora, o que eu quero saber é se a Maysa conseguiu dar a volta por cima depois de tanta desilusão.

— Pelo que eu sei, ela entrou em alguns relacionamentos que terminaram mal. Vivia deprimida, angustiada, e transmitia esses sentimentos nas músicas que interpretava. Fez muito sucesso naquela época, emocionando as pessoas que a ouviam cantar. Coitada, morreu tragicamente em um acidente de automóvel com pouco mais de 40 anos — comentou Analice.

— Esse negócio de sofrer horrores não tá com nada! Prefiro não me envolver com ninguém... — Manu confessou, pensativa.

Ao abraçar a amiga, Carol comentou:

— Com 13 anos ainda é cedo pra pensar assim, amiga! Já se esqueceu do que aconteceu no ano passado? Deixou de ser BV com o João Pedro e espalhou a novidade pra todo mundo. Ele ficou chateado e depois não quis mais nada com você, que ficou mal. Doeu, mas depois passou, não foi isso?

— Moleque idiota! Eu até gostava dele, mas acho que aquele lance foi porque a maioria das garotas da minha turma já tinha começado a beijar e eu não queria ficar por último! — Manu deu uma risadinha, escondendo o rosto com as mãos.

— Só pra Carol ficar mais despreocupada: a senhora conhece sambas de partido-alto ou de terreiro que falam de coração partido com uma música mais animada? — perguntou Antônio.

— Conheço, sim. O refrão de *Não quebres o meu coração,* de Candeias, que começa assim:

Por favor, não quebres o meu coração
Tu és a minha paixão

Analice prosseguiu:

— E agora vou cantar um trecho de *Jardim do coração,* de Wilson Moreira.

Quem olha hoje para mim
Não pode imaginar o que eu passei
Pisando pedras e espinhos
Depois de muitos caminhos
Finalmente eu me encontrei

— E, pra completar, um trecho de samba-enredo. É da Portela, de 1981, falando de esperança depois da desilusão:

A luz raiou pra clarear a poesia
Num sentimento que desperta na folia (Amor, amor)
Amor, sorria, ô, ô, ô, um novo dia despertou

O pão de batata já estava pronto e chegou a vez de a berinjela gratinada sair do forno. O cheiro tentador tomou conta da cozinha e Analice olhou a travessa com satisfação.

— E não é que esse prato tá bonito? Enquanto esfria um pouco, que tal pesquisar algumas músicas do Lupicínio Rodrigues? Depois vocês resolvem o que vão incluir no trabalho.

— É pra já! — Antônio digitou rapidamente o nome do compositor — Quais a senhora sugere?

— Pensando no que disse a Manu, comece por *Esses moços.* Foi composta antes de eu nascer! Mas como música boa não fica velha, vamos a ela — Analice deu uma risada.

Antônio também riu:

— Rá, rá, rá! Tudo a ver! — e começou a ler a letra da música assim que localizou o arquivo.

Esses moços, pobres moços
Oh! Se soubessem o que sei
Não amavam, não passavam
Aquilo que já passei!

Carol estava concentrada em algo que havia encontrado.

— Gente, achei um texto que conta a história dessa música. Você conhece, vovó?

— Dessa, não. Leia pra nós!

— "Hamilton e Nilce começaram a namorar em 1944. O pedido de casamento aconteceu quatro anos depois, na festa de aniversário de Hamilton. Lupicínio, amigo de Nilce, foi cantar na festa. A certa altura, disse: 'Fiz uma musiquinha para o seu noivo' e cantou *Esses moços*. Ela ficou furiosa, aproximou-se dele e disse: 'Que ursada, hein?'. Felizmente, Hamilton não seguiu o conselho do compositor, e os dois ficaram casados por mais de 40 anos."

— Ursada? Que palavra sinistra! — gargalhou Antônio.

— Expressões antigas — Analice riu — Mas essa de dizer "sinistro" com sentido de "engraçado" é uma comédia.

— Outra do Lupicínio, por favor! — pediu Antônio.

— *Nervos de aço.* E eu conheço a história dessa música! — gabou-se Analice enquanto fatiava o pão que seria servido com um pouco de molho de tomate e uma fatia de berinjela gratinada por cima.

— Ô, Manu, você vai ficar só olhando a gente trabalhar? — cutucou Antônio.

— Ai, tô com tanta preguiça — falou lentamente, bocejando.

Conformado, Antônio retrucou:

— Pra variar você vai pegar carona com a gente em mais um trabalho de grupo. Já que é assim, vamos lá... Dona Analice, a senhora vai nos contar a história antes que eu leia a letra?

Analice abriu a porta do congelador, pegou alguns cubos de gelo para colocar na jarra do suco de abacaxi com hortelã.

— O Lupicínio era apaixonado por uma moça chamada Inah. Chegaram a ficar noivos. Ele prometeu se casar, mas ficava adiando a data do casamento. Inah perdeu a paciência e terminou o noivado, e disse que arranjaria outro que realmente quisesse compromisso sério. Pouco tempo depois, ao entrar em um bar, Lupicínio a encontrou de mãos dadas com um rapaz. Ficou arrasado. Compôs na hora *Nervos de Aço,* deixou o papel com a letra na mesa em que ela estava, e foi embora.

— O coração partido foi a fonte de inspiração! Qual é o trecho que vamos selecionar dessa letra, Antônio? — perguntou Manu, espreguiçando-se na cadeira.

— Acho que o início sintetiza todo o resto, vejam:

Coleção Jabuti

Os Sambas dos Corações Partidos

Editora Saraiva

Maria Tereza Maldonado

Apreciando a Leitura

■ Bate-papo inicial

Juliana é uma jovem que, no novo emprego, encara sua primeira viagem internacional como guia de turismo. A empolgação por conhecer a Croácia se mistura às lembranças dolorosas sobre o ex-namorado e ao estresse por ter de lidar com os imprevistos da viagem e com as exigências dos turistas. Enquanto isso, no Brasil, sua irmã, Carol, se empenha em um trabalho escolar sobre o Patrimônio Cultural Imaterial. Lembrando-se de um museu irreverente visitado pela irmã na Croácia e da paixão da avó por sambas, a garota decide pesquisar sambas sobre coração partido. Com Antônio e Manu, seus amigos, Carol vai não só adentrar a história do samba, seus grandes cantores e compositores, como também refletir sobre o que há de mais complexo e maravilhoso: as relações amorosas.

■ Analisando o texto

1. Juliana faz sua primeira viagem como guia de turismo para a Croácia, onde conhece o Museu das Relações Terminadas.

a) Qual é a proposta desse museu?

b) A visita a esse museu liga-se a um fato passado e a um fato ainda por ocorrer no enredo. Cite-os.

2. Analice, sua filha Renata e suas netas Juliana e Carol vivem juntas.

a) Cite duas diferenças entre a geração da avó e a geração das netas, evidenciadas pelas personagens.

b) O que há de semelhante entre essas personagens, apesar das diferenças de idade?

b) Cite algumas características de estilo que aparecem nas descrições dos vídeos assistidos pelo grupo de pesquisa e nas letras de música transcritas.

____

____

____

____

6. Uma das características deste livro é a incidência de gêneros textuais diversos ao longo da narrativa. Assinale os gêneros que aparecem ao longo do texto:

( ) receita culinária
( ) relato biográfico
( ) letra de música
( ) contrato de aluguel
( ) verbete enciclopédico
( ) relato de viagem

7. O que motiva Carol a pesquisar sambas de coração partido é o fato de o samba ser considerado patrimônio cultural imaterial da humanidade.

a) Defina "imaterial".

____

____

____

____

b) Explique o que você entende por patrimônio cultural imaterial.

____

____

____

____

____

____

____

____

____

Pesquisando

14. O grupo de turistas guiado por Juliana visita o Museu de Arte Naïf. Você conhece esse tipo de arte? Em grupos, façam uma pesquisa mais aprofundada sobre o assunto, valendo-se de livros, revistas sobre artes e *sites* de museus.

15. A professora Rosilene explica aos alunos sobre o Patrimônio Cultural Imaterial e sobre a Década do Patrimônio Museológico. Agora que você já sabe o que é o patrimônio cultural imaterial, pesquise os requisitos necessários para que algo receba essa classificação. Em seguida, liste os elementos essencialmente brasileiros que receberam essa denominação.

■ Redigindo

16. Ao visitar o Museu das Relações Terminadas, o grupo de turistas não apenas vê objetos, mas lê narrativas sobre o término de relacionamentos, alguns bastante incomuns. Pensando nisso, escreva uma notícia na qual você relate o término incomum ou bizarro de um relacionamento. Você pode imaginá-lo ou se basear em uma história real.

17. Durante sua viagem à Croácia, Juliana envia mensagens à família, descrevendo os lugares que visita e relatando os principais acontecimentos. Agora você também vai produzir um relato de viagem. Você pode relatar uma experiência própria, uma viagem feita com familiares ou amigos, ou fictícia.

18. Agora, você e um colega serão compositores. Com base nas várias letras de samba apresentadas no livro, redijam a letra de um samba tendo o coração partido como mote. Não se esqueçam de dar um título à canção.

■ Trabalho interdisciplinar

19. Ao longo do livro, Analice apresenta informações sobre a história do samba, seus principais compositores e intérpretes. Com a orientação do professor de História e em grupos, elaborem um roteiro com os tópicos a serem pesquisados sobre samba com o objetivo de montarem uma *Minienciclopédia do Samba*. Para isso, sob a orientação do professor de Língua Portuguesa, cada integrante do grupo deve redigir um verbete de enciclopédia sobre algum estilo de samba, canção, compositor ou intérprete. Depois de prontos e corrigidos os verbetes, com a orientação do professor de Artes, a minienciclopédia deve ser montada e, se possível, ilustrada. Ao final do volume pode haver um quadro cronológico ilustrado, contendo as principais características de cada fase do samba, seus principais artistas e canções mais famosas.

SAC | 0800-0117875
De 2ª a 6ª, das 8h30 às 19h30
www.editorasaraiva.com.br/contato

Escola: ____________________

Nome: ____________________

Ano: ____________ Número: ____________

Essa proposta de trabalho é parte integrante da obra *Os sambas dos corações partidos*. Não pode ser vendida separadamente. © Editora Saraiva.

3. Podemos considerar que a narrativa consiste em um relato de aprendizado, tanto para Juliana quanto para Carol.
a) Qual personagem é fundamental neste processo de aprendizagem?

b) Cite fatos do desfecho da narrativa que comprovam o entendimento ou superação de conflitos por cada uma das irmãs.

Linguagem

4. Uma narrativa pode ser linear e cronológica (quando os fatos são narrados na ordem em que ocorrem) ou fragmentada; com linguagem formal ou informal. Que tipo de estrutura e de linguagem você reconhece em *Os sambas dos corações partidos*?

5. Podemos considerar os sambas "de coração partido" como um gênero, por apresentarem, segundo Analice, alguns "componentes essenciais".
a) Quais são esses componentes essenciais?

c) Quais gêneros de samba podem ser considerados patrimônio cultural imaterial e quais as suas características?

8. Chamamos de intertextualidade o diálogo que se estabelece, direta ou indiretamente, entre dois ou mais textos. Além do diálogo evidente entre a narrativa e os sambas apresentados, cite outro caso de intertextualidade na obra e relacione-o com o sentido geral da narrativa.

Refletindo

9. O guia local croata esclarece aos turistas que, lá, diferentemente do que ocorre no Brasil, as pichações em prédios antigos e em monumentos não são punidas, "pois os croatas as consideram manifestações da liberdade de expressão". Você acha que as pichações são uma forma de manifestação e, por isso, não deveriam ser punidas, no Brasil? Discuta com seus colegas.

10. Juliana afirma: "São os tempos atuais, vovó... É tudo volátil, vivemos na era da impermanência. Parece que nada mais é feito para durar, nem as coisas nem os relacionamentos" (p. 64-65). Você concorda com ela? Por quê? O que seria essa era da impermanência?

11. O primo de Antônio classifica as garotas como "as gostosas, as descoladas e as que dão mole, pra pegar geral", sem sequer conversar com elas, o que só seria necessário se ele fosse namorá-las: "Menina pra pegar não precisa de conversa! É chegar junto, abraçar e beijar direto, sem papo. Conversa só serve pra selecionar menina pra namorar. Aí dá pra ver se a guria é certinha e fiel" (p. 54-56). Essa divisão entre "meninas pra pegar" e "meninas pra namorar" é comum nos dias atuais? As garotas têm um comportamento semelhante em seu relacionamento com os garotos? Discuta com seus colegas quais as consequências desse tipo de comportamento.

12. Durante a pesquisa sobre os sambas, Carol, Antônio e Manu se deparam com letras tristes, que falam da impossibilidade de viver sem a pessoa amada. Para Manu, essa dependência é "assustadora", pois "há coisas mais interessantes pra se fazer na vida" além de esperar a pessoa amada. As relações amorosas são todas assim? O fato de a pessoa não se imaginar vivendo sem o ser amado é uma prova de amor?

13. No segundo parágrafo da página 52, o narrador conta como era a relação de Analice com o marido. Releia esse trecho. Na sua opinião, Analice fez bem em se anular para evitar conflito com o marido? Que outra atitude ela poderia ter tomado?

Você sabe o que é ter um amor, meu senhor
Ter loucura por uma mulher
E depois encontrar esse amor, meu senhor
Nos braços de um outro qualquer?

— Está ótimo, dá até pra imaginar a cena no bar. Mas, pelo visto, a Inah queria mesmo se casar com o primeiro que aparecesse — Carol aventou.

— No meio do século passado, a imensa maioria das mulheres se casava cedo. Moça solteira depois dos 30 ficava encalhada! — riu Analice enquanto servia o lanche.

— Ainda bem que estamos em outra época. As mulheres estão curtindo a vida de solteira por mais tempo e muitas nem pensam em se casar — comentou Manu, com a boca cheia — Humm, dona Analice, que lanche delicioso!

O celular da Carol tocou. Era a namorada do pai avisando que atrasariam meia hora.

— Aposto que é ela a culpada pelo atraso. Além de se apoderar do meu pai, ainda tira meia hora do meu tempo com ele — esbravejou, enraivecida.

Samba antigo, desamor de sempre

Havia uma nova mensagem de Juliana quando Carol acordou. Nela, havia fotos belíssimas de cascatas e lagos azul-turquesa no meio da mata. Antes mesmo de pentear o cabelo e lavar o rosto, a menina correu para a cozinha, onde a mãe e a avó preparavam o café da manhã.

— Vejam as fotos! Que lugar maravilhoso, um dia quero passear por lá.

Carinhosamente, Analice puxou a neta para os seus braços.

— Que coisa boa acordar com essa animação toda. Ainda bem que você não se parece com seu avô, que era o rei do mau humor! Mas, fala logo, que lugar é esse?

— É o Parque Nacional de Plitvice. Nossa, a Ju viajou 400 quilômetros para chegar lá. Disse que foi uma chatice, passou o dia inteiro no ônibus com as três mulheres reclamando porque não havia lugares interessantes para visitar. Mas, em compensação, dormiram em um hotel que tinha piscina aquecida, boa pra relaxar do cansaço da viagem. Depois do jantar, um funcionário do hotel exibiu um filme de 20 minutos sobre o parque nas quatro estações. O pessoal gostou.

— E o que mais ela escreveu sobre o parque? — Renata quis saber.

— Vou ler:

> *Plitvice é Patrimônio Natural da Humanidade, reconhecido pela Unesco. Foram seis quilômetros de caminhada, com muitas escadas. Mas é tudo tão bonito que nem dá para sentir o cansaço (vejam as fotos!). Como o período é de seca, as cachoeiras estão com pouca água; são 16 lagos azul-turquesa com 92 quedas-d'água em várias alturas. Para preservar as formações calcárias, banhar-se é proibido. Há trechos percorridos em barco, e a saída do parque fica perto do hotel. Almoçamos e pegamos o micro-ônibus para retornar a Zagreb.*
>
> *No caminho, passamos por um museu ao ar livre, localizado em um grande terreno cercado por casas e prédios bombardeados. Lá, vimos aviões destroçados, tanques e outros artefatos da guerra que aconteceu entre 1991 e 1995 pela independência da Croácia. Achei triste, muita coisa ficou destruída, milhares de mortos. Finalmente, chegamos ao hotel. Eu só pensava em jantar e dormir! Estou com muitas saudades de vocês e da minha cama! Ainda bem que estamos no final da viagem. Continuo trocando mensagens com o Rodrigo. Ele vai voltar para o Rio três dias depois de mim. Parece estar interessado. Quero conversar com ele pessoalmente, mas estou com medo de que ele seja mais um daqueles que, na hora de marcar um encontro real, simplesmente desaparecem...*

— Se a Ju continuar cultivando pessimismo, aí mesmo é que nada vai dar certo — Renata demonstrou preocupação — Depois de tantas idas e vindas com o Lucas, não sei se ela está pronta pra começar outro relacionamento. Acho que ela ainda gosta dele, apesar de ter perdido a esperança de ganhar carinho e atenção.

— Ele não passa de um garoto de 25 anos viciado em computador! A Ju merece arranjar um homem de verdade. Tomara que esse Rodrigo seja mais decidido. Mas, sabe, mãe, acho que ela ainda espera que o Lucas se arrependa de ter sido tão frio e resolva mudar. Ela nem o excluiu dos contatos. Fica fuçando as redes sociais pra descobrir com quem ele tá saindo. Assim é difícil parar de sofrer e esquecer o cara! — Carol sentenciou, enquanto regava com uma colher de suco de laranja a fatia de bolo em seu prato.

— Humm, está com vontade de comer bolo de laranja? — perguntou a avó.

— Nem tanto, mas me deu vontade de experimentar comer o bolo umedecido com o suco. O que eu quero mesmo é bolo de cenoura com cobertura de chocolate! Ah, por falar nisso, Antônio e Manu podem vir aqui amanhã? Queremos terminar o trabalho antes do prazo que a professora deu.

— Só se vocês quiserem trabalhar sozinhos. Tenho uma encomenda de quinhentos salgadinhos, duzentos brigadeiros e um bolo decorado com uma bola de futebol. É para o aniversário de um menino de 8 anos. Além disso, a roda de samba começa às sete da noite, esqueceu?

— Ih, é mesmo! E sábado à tarde? Pode ser, vovó? Eles poderiam jantar aqui em casa antes de a gente se arrumar para a festa de aniversário da Cris.

— Por mim, tudo bem. Vamos ficar na cozinha porque, além do jantar de sábado, quero preparar uns quitutes caprichados para o almoço de domingo. A Ju vai chegar bem cedinho, não é isso?

— Ah, mãe, do jeito que a Ju parece estar cansada e com a diferença de fuso horário, acho que ela vai saborear seus quitutes na hora do jantar — disse Renata, começando a lavar a louça do café da manhã.

Analice levantou-se e colocou água em uma panela para fazer feijão.

— Carol, quando você falou que a Ju ainda não excluiu os contatos do Lucas, eu me lembrei do começo de uma música que vocês vão achar engraçada. Chama-se *Risque*, é um samba-canção que Ary Barroso compôs nos anos 1950.

Risque meu nome do seu caderno
Pois não suporto o inferno
Do nosso amor fracassado

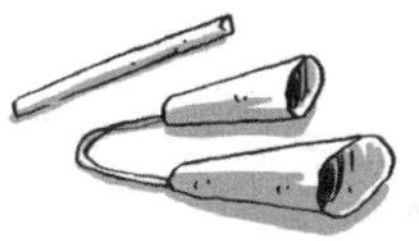

Carol deu uma gargalhada ao ouvir a avó cantar com dramaticidade, imitando os cantores da época.

— É jurássico ter uma lista de contatos em caderno!

— Obrigada por me incluir na lista dos animais extintos, querida neta! Nunca reparou que eu conservo meu caderninho de telefones, além da agenda do celular?

Carol beijou a testa de Analice.

— Ih, desculpe, vó, foi mal. Quero você bem vivinha pra continuar fazendo comidas deliciosas e me dando uns abraços bem apertados.

***

Dia livre para o grupo em Zagreb. Juliana acordou cedo, tomou banho, escolheu no armário um vestido longo e desceu para tomar café da manhã. Ao sair do salão, José Cláudio e Anita entravam.

— Bom dia! Dormiram bem? — perguntou, sorridente.

— Muito bem! E você?

— Também! O que estão planejando para hoje?

— Pouca coisa — respondeu Anita — Vamos circular pelas ruas próximas ao hotel, comprar lembrancinhas de viagem, relaxar um pouco na piscina e terminar de arrumar as malas. Depois, pretendemos almoçar na cantina italiana sugerida pelo rapaz da recepção. Fica a duas quadras do hotel, dá para ir a pé. E ainda teremos tempo pra descansar antes de encarar a longa viagem de volta.

— Bons planos. Depois de tantos passeios pra conhecer lugares bonitos, é bom começar a desacelerar antes de voltar pra casa.

Juliana também pretendia ter um dia calmo. Na noite anterior, havia combinado com o grupo o horário de fazer o *check-out* do hotel para, em seguida, pegarem o micro-ônibus que os levaria ao aeroporto. Voltou rapidamente para o quarto, temendo encontrar outros passageiros com eventuais reclamações. Estava apreensiva com a avaliação escrita que eles fariam do seu trabalho e da viagem, informações que ela deveria entregar ao chefe assim que retornasse à agência. Precisava preparar seu relatório completo, com os pormenores de tudo o que ocorrera: os pontos fortes da viagem, os problemas que surgiram e como foram resolvidos.

Horas depois, as mensagens estavam lidas e respondidas, e o relatório da viagem finalizado. Juliana saiu do hotel, localizado em uma rua comercial bem movimentada. Entrou em uma loja de produtos típicos da Croácia e escolheu um enfeite para a mesa de centro da sala. Seria seu presente para a família. Depois, selecionou um restaurante simples, decorado com fotos de pratos apetitosos. Escolheu um de carne com legumes cozidos no vapor e, enquanto esperava, mergulhou em seus pensamentos. Sentiu vontade de chorar ao se lembrar de Lucas, com saudade e tristeza. Lamentava-se por não ter conseguido torná-lo mais carinhoso. O namoro havia terminado havia quase um ano, mas pensava nele constantemente. Mesmo animada com a perspectiva de rever Rodrigo ao voltar da viagem, ela temia criar expectativas e se decepcionar com uma possível desistência do pretendente. Mesclando sentimentos, Rodrigo e Lucas se alternavam em suas lembranças.

No início do namoro, era apaixonada por Lucas, e achava até charmoso seu jeito retraído, o andar meio desengonçado, as costas ligeiramente curvadas, o cabelo desalinhado, os abraços desajeitados, a dificuldade de falar o que sentia. Ela tinha apenas 15 anos e gostou de provocar inveja nas amigas por despertar o interesse de um rapaz de 18, que acabara de tirar a carteira de motorista e conseguia pegar emprestado o carro dos pais para, eventualmente, buscá-la na escola. Mas Lucas não gostava de ir a festas e detestava dançar. Para ele, nada competia com o prazer de ficar plugado no computador, nos jogos *on-line* e nos grupos de discussão sobre temas variados. Sempre que Juliana tentava conversar com ele sobre sua insatisfação, o assunto não desenrolava, justamente por Lucas não conseguir se desgrudar do computador e do celular. Limitava-se a dizer que ela era livre para fazer o que bem entendesse. Para ele, não havia problema em ficar em casa numa boa, e não se importava com o fato de a namorada ir a festas e sair para dançar com as amigas.

Com o passar do tempo, Juliana ficou insegura com o relacionamento. Achava estranho o fato de Lucas não sentir ciúme. Principalmente, quando ela, ao completar 18 anos e iniciar o curso de Turismo, passou a sair todos os finais de semana para dançar e fazer outros programas com seu grupo de amigos e com os colegas da faculdade. "Será que esse é o jeito dele de me amar ou será que ele mantém nosso namoro por pura acomodação?", era a dúvida que martelava sua cabeça sempre que tinha a sensação de que Lucas não dava a mínima para ela.

A comida estava demorando a chegar, e Juliana continuou mergulhada em suas recordações. Lembrou-se de conversas com a mãe e a avó, quando se queixava da aparente indiferença do ex-namorado. Para consolá-la, Analice costumava dizer que seria muito pior se Lucas fosse ciumento e ranzinza como o avô de Juliana. A moça sorriu ao se lembrar da avó, que passara a frequentar as rodas de samba e a aproveitar a vida com muito mais alegria depois que enviuvou.

Desde pequena, a neta mais velha presenciara brigas entre João e Analice. Quando saíam para os raros programas em família, ele cismava que outros homens olhavam para a mulher. João adorava ficar em casa vendo televisão, e não admitia que Analice saísse sem ele, o que a deixava furiosa. As poucas vezes em que tentara enfrentar o marido foram suficientes para convencê-la de que não valia a pena aturar João mais carrancudo do que o habitual, criticando-a impiedosamente durante dias seguidos. Desistiu de sair sem ele, conformou-se em cuidar da casa e trabalhar com as encomendas de doces e salgados. "Entendo a vovó quando afirma que nunca mais teve vontade de se casar, que jurou para si própria que ninguém mais lhe tiraria a liberdade de ir e vir."

Após o almoço, percorreu mais algumas ruas olhando as vitrines, especialmente as de lojas de roupas, mas nada lhe agradou. Retornou ao hotel, verificou as mensagens, terminou de arrumar a mala, para ter certeza de não ter deixado nenhum item do lado de fora, e, antes de colocar o cadeado, examinou o quarto e o banheiro com atenção. Foi a primeira a chegar na recepção e, minutos depois, todo o grupo estava presente para fazer o *check-out*. Era chegada a hora de rumar para o aeroporto, onde pegariam o avião para Frankfurt e, de lá, a conexão para o Brasil.

***

No sábado à tarde, Carol se prontificou a ajudar Analice na cozinha. Pediu à avó que preparasse canelones recheados com ricota e espinafre gratinados com molho branco e queijo parmesão de que tanto gostava. Também pediu uma salada que leva alface-americana, rúcula, tirinhas de damasco, milho, rabanete em rodelas, peito de frango grelhado e cortado em cubinhos, castanha-de-caju picadinha, com molho de azeite, vinagre e um toque de geleia de laranja.

— Vó, essas saladas que você inventa são boas demais! — disse animada, começando a cortar os damascos e os rabanetes.

— Você pode começar a criar suas próprias saladas, querida! Aqui em casa sempre há, no mínimo, uns vinte itens que podem ser combinados de diversas maneiras, pra que as saladas dificilmente se repitam.

— Então vou tentar inventar uma para o almoço de amanhã e surpreender a Ju quando ela chegar. Se eu acordar a tempo, né? A festa vai acabar tarde, vai ser difícil levantar cedo...

Era o dia de Jurema fazer a faxina quinzenal na casa, e a diarista gostava de ver Carol e Juliana participando das tarefas domésticas.

— Na maioria das casas, as moças não lavam nem o copo em que bebem água. E os homens da casa, muito menos! Deixam restos de comida no quarto e as roupas todas espalhadas... — comentou.

— Aí a dona da casa fica exausta com tanta sobrecarga, não é, Jurema? E seu filho, como está? — perguntou a menina.

— Está ótimo! Mas eu dou duro nele. Arruma a cama, lava a louça, e agora está começando a aprender a cozinhar. Minha mãe criou os nove filhos assim, e eu acho certo. Ela dizia: "Quando os pais não dão trabalho para os filhos, os filhos é que dão trabalho para os pais!" — relembrou Jurema, enquanto caprichava na limpeza do forno.

— E hoje à noite, você vai para o forró? — Analice deixou a curiosidade escapar.

— Claro! Não tem essa de cansaço, não! Não perco esse baile por nada, dona Analice. Eu ganho pouco, mas me divirto muito.

O interfone anunciou a chegada de Antônio e, pouco depois, de Manu, que arrastava uma pequena mala. Antônio brincou com a colega:

— O que é isso, garota? Vai viajar e nem avisou a gente?

— Fiquei duas horas revirando meu armário e não consegui escolher a roupa! Trouxe três modelitos pra ver qual fica melhor. Consegui, a duras penas, convencer minha mãe a me emprestar o estojo maior de maquiagem, com mais de vinte cores de sombra, pra ver a que combina melhor com a roupa que vou escolher. E tive de aguentar caladinha ela me recomendando umas cinquenta vezes pra não estragar nada...

— Por que as meninas são tão complicadas com esse negócio de roupa combinando com maquiagem, hein? Os garotos não estão nem aí pra isso! Vocês acham mesmo que a gente repara se a blusa está combinando com a saia ou se o corte do cabelo está na moda? — provocou Antônio.

— As garotas prestam atenção nos mínimos detalhes das outras. Se, por exemplo, a cor da sombra do olho não combinar com a blusa, ou com o brinco, elas detonam a gente, e quando a roupa não veste bem é a derrota total, fica todo mundo zoando! — esclareceu Manu.

— Ah, entendi. Vocês se arrumam para as outras garotas, embora fiquem azarando os meninos... — ironizou o colega.

— Ih, não enche, guri!

— Mas a realidade é essa! Pelo menos é isso que diz meu primo, que é o maior pegador. Já entra nas festas dançando, selecionando as mais gostosas, as descoladas e as que dão mole, pra pegar geral.

ADEUS!

O resto é detalhe sem a menor importância.

— Isso é de um machismo inacreditável! — Carol ficou indignada — Ele nem sequer conversa com a menina pra ver se quer ficar com ela?

Antônio deu uma risada.

— O dia em que eu me atrevi a fazer essa pergunta, ele tirou um sarro de mim. Falou: "Conversar?! Menina pra pegar não precisa de conversa! É chegar junto, abraçar e beijar direto, sem papo. Conversa só serve pra selecionar menina pra namorar. Aí dá pra ver se a guria é certinha e fiel".

— Nojento esse seu primo! Não é possível que em pleno século XXI os garotos continuem tão machistas a ponto de fazer essa classificação de meninas pra pegar ou pra namorar! — Manu estava revoltada.

— Se o critério for esse, tô ferrada... Baixinha, usando óculos, ninguém vai olhar pra mim — lamentou Carol.

— Eu não concordo com essas ideias do meu primo — Antônio se manifestou — Mas o pior é que a maioria dos amigos dele também pensa desse jeito. Só quero ver o dia em que ele se apaixonar por uma ficante que dá bola pra todo mundo.

Manu ficou curiosa.

— Ele nunca namorou? Só quer saber de ficar?

— Ele acabou de fazer 17 anos, e diz que quer pegar sem se apegar, não pensa em compromisso sério. Tem pavor de menina grudenta, que sufoca e não deixa o cara nem sair com os amigos pra se divertir.

Manu deu um tapinha no braço de Antônio.

— Ai, chega desse papo de machismo. É melhor a gente começar a trabalhar porque preciso de, no mínimo, uma hora pra me produzir.

— Rá, rá, rá! Até parece que você vai trabalhar... Só Carol e eu estamos fazendo esse trabalho. E com a ajuda da dona Analice, é claro!

Carol estava amassando a ricota para misturá-la com o espinafre refogado e um pouco de azeite. Em seguida, ajudaria Analice a rechear os canelones recém-tirados da embalagem.

— E aí, vovó, qual a sua sugestão de pesquisa pra hoje?

— Já que vocês passaram por Maysa e Lupicínio, podemos continuar no reino do samba-canção pesquisando Dolores Duran, outra especialista em corações partidos.

— Ela também sofreu desilusões amorosas, dona Analice? — quis saber Manu.

— Muitas! As dores de amor lhe inspiraram belas composições. Ela cantava nas boates, varando a madrugada. Quando surgia uma ideia, pegava o lápis de sobrancelha e um guardanapo pra escrever a letra da música. Vejam, por exemplo, como termina a letra de *Ternura antiga*. Ela morreu em 1959 e, tempos depois, o pianista Ribamar compôs a música para a letra que ela havia deixado.

Vivo, e vivo só porque te espero
Ai, esta amargura, esta agonia

— Ai, que deprê! Essa dependência da pessoa amada é assustadora, é uma agonia mesmo. Viver só pra esperar o cara voltar? Eu, hein! Há coisas mais interessantes pra se fazer na vida. A Dolores não terminava com ninguém, ela sempre levava o fora? — Manu estava horrorizada.

— Ela terminou alguns romances, mas, pelo visto, sempre com muito sofrimento. Agora, Antônio, veja a letra de *Fim de caso.*

— Junto com a letra, há uma gravação com a Dolores cantando e uma série de fotos. Dá pra ver tanto as sobrancelhas bem desenhadas com o lápis quanto os vestidos que estavam na moda naquela época — Antônio mostrou as fotos para as colegas — Essa letra é bem bonita — comentou ele, assim que terminou de ler o arquivo para as amigas.

Eu desconfio que o nosso caso está na hora de acabar
Há um adeus em cada gesto, em cada olhar

— Essa é boa para a Ju ver. Descreve direitinho a passagem da paixão para a desilusão: quando deixam de ficar agarradinhos e vai se instalando a solidão a dois, até o ponto de perder a vontade de brigar porque já sabem que nem isso vale a pena. No final, a Ju já estava cansada de tudo e, quando terminou com o Lucas, em vez de ficar aliviada, ficou tristíssima — comentou Carol.

— Pelo visto, a Dolores Duran ficava mal de qualquer jeito. Se sofria tanto, por que não desistiu do amor e viveu solitária? — questionou Manu.

— Ao que tudo indica, ela preferia ficar mal acompanhada a ficar só — esclareceu Analice — Um ano antes de morrer ela compôs *Solidão*, que termina assim:

Ai, a solidão vai acabar comigo!

— Se bem que, por outro lado, em um trecho do samba *Ideias erradas*, ela fala que sabe que é uma mulher de valor, mesmo quando ele não quer mais ficar com ela, e afirma que não morreria de desilusão, vejam só — continuou Analice, empolgada.

Não pense que se você me deixar
A dor será capaz de me matar

— Uau! Acabei de descobrir um texto contando como ela morreu — Carol interrompeu a cantoria da avó — "Saiu de madrugada da boate onde cantava e foi com um grupo de amigos para uma festa em um clube. Voltou para a casa de manhã e pediu para a empregada não acordá-la porque queria dormir até morrer", e morreu dormindo nesse mesmo dia, com apenas 29 anos, que incrível! — Carol estava impressionada.

— Tão novinha! Morreu de quê, afinal? — Manu ficou curiosa.

— Achei aqui, vou ler o trecho: "Morreu de infarto. Sabia que tinha problemas cardíacos, mas nunca seguia as recomendações dos médicos. Fumava e bebia muito, sofria de depressão. Mesmo famosa e amada por milhares de fãs, sentia-se sempre triste, com um sentimento de vazio e uma profunda solidão". Ai, que vida trágica! — disse Carol, penalizada.

— Os preconceitos sociais também atrapalharam a continuidade de um dos seus grandes amores — Analice quis complementar. — Ela namorou João Donato, um músico que se tornou muito famoso. Mas, na época, ela tinha 21 anos e ele, apenas 17. As famílias fizeram uma oposição ferrenha, porque não era aceitável uma mulher maior de idade namorar um rapazinho. Dolores estava decidida a enfrentar os preconceitos, mas João Donato não resistiu à pressão da família e rompeu o namoro. Ela ficou arrasada, mas, a partir disso, compôs outras músicas belíssimas que fizeram grande sucesso.

— Meu irmão está com 18 e namora uma moça de 22. Está tão apaixonado que perdeu a fama de pegador. Diz que está aprendendo tanta coisa com ela que não se interessa mais pelas menininhas! — comentou Antônio, rindo.

— Então, ele não tem preconceito de namorar mulheres mais velhas — Manu concluiu.

— Mas tem outros — esclareceu Antônio. — Ele inferniza a

vida da Lorena. Implica com os meninos que se aproximam dela, tenta proibi-la de usar roupa curta ou decotada. Os dois vivem brigando, mas ele diz que, como irmão mais velho, tem obrigação de não deixar que ela fique com jeito de periguete! Nem meus pais tentam controlar a Lorena desse jeito...

— Ainda bem que sou filha única. Não suportaria viver com um irmão se metendo na minha vida! — afirmou Manu.

— Gente, vamos voltar ao trabalho? Já estou pensando no jantar... Dona Analice, pelo visto a senhora gosta muito da Dolores Duran, né? Mais alguma sugestão? — Antônio tentava manter o foco.

Analice já havia dissolvido a farinha de trigo na xícara com leite. Acrescentou um pouco de manteiga, queijo parmesão, um toque de noz-moscada, e colocou a panela em fogo brando, para engrossar o molho branco. A intenção era cobrir os canelones na travessa com esse molho, antes de colocá-la no forno.

— Você percebeu bem, Antônio. Eu adoro as músicas da Dolores. Para finalizar, enquanto preparo a salada, vou cantar um trechinho de *Não me culpe*. Nessa, ela mostra a dificuldade de se desprender do homem amado que não a quis mais:

Não me culpe se os meus olhos o seguirem
Mesmo quando você nem olhar pra mim

Nesse momento, Renata entrou em casa. Parou na porta da cozinha:

— Essa música é pra mim! Levei alguns anos pra me convencer de que não conseguiria reconquistar o pai da Ju. A saudade doía tanto que parecia que eu tinha um buraco no peito. Eu era muito nova, bobinha demais.

— Mãe, você tá linda! Cortou o cabelo? — exclamou Carol, dando um abraço apertado na mãe.

Renata retribuiu o carinho da filha com um beijo.

— Saí da loja e passei no salão pra fazer uma escova. Hoje à noite vou a uma festa com uma colega do trabalho.

— Então, hoje é dia de festa pra você e pra nós também! — disse Carol, acariciando o rosto da mãe.

Antônio estava concentrado pesquisando um *site* sobre compositores.

— Dona Analice, além de Lupicínio, que outro homem compôs sambas a partir de suas próprias desilusões amorosas?

— O primeiro que me vem à cabeça é Noel Rosa. Ele foi loucamente apaixonado por Ceci, uma dançarina de cabaré, que, como se dizia na época, "era de todos e de ninguém". Os dois brigavam muito. Depois de três anos ela caiu fora, mas ele continuou gostando dela, apesar de ter tido muitas namoradas e de ter se casado com uma moça chamada Lindaura, que cuidou dele até ele morrer, aos 26 anos, em decorrência de uma tuberculose.

— Morreu de tuberculose, tão novo? Como assim? — Manu ficou surpresa.

— Estamos falando da década de 1930, quando a medicina não estava desenvolvida como atualmente. Noel tinha saúde frágil, mas gostava da vida noturna, bebia e fumava muito, não seguia as recomendações dos médicos. Uma das músicas inspiradas pelo amor conturbado que ele sentia por Ceci foi *Pra que mentir?*, composta em parceria com Vadico. Começa assim:

Pra que mentir
Se eu sei que gostas de outro?

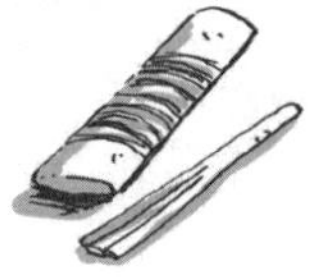

Antônio pesquisou rapidamente a letra da música na internet para ler tudo. Descobriu que a canção falava de traição e mentira.

— A Ceci desprezava o Noel, mas ele a desejava mesmo assim?

Mesmo ao saber que estava sendo traído pelo ódio sincero ou por um amor fingido? Não desistiu? — questionou.

— Conheço alguém que também não desiste da menina que não quer nada com ele! — Carol ironizou, alfinetando Antônio.

— Ceci marcou Noel definitivamente. Tanto é que a música considerada sua obra-prima foi dedicada a ela. Poucos dias antes de morrer, Noel pediu a um amigo em comum que entregasse a letra a Ceci. Chama-se *O último desejo*, em que ele relembra que a conheceu em uma festa de São João. Mas chega por hoje, né? Vamos jantar porque depois as meninas precisam de tempo pra se preparar para a festa!

Amores difíceis

No domingo de manhã, quando Juliana chegou de viagem, somente Analice estava acordada vendo televisão no sofá da sala. Abraçou a avó com emoção, abriu a porta do quarto com cuidado e deixou a bagagem sem despertar a irmã. Lavou o rosto no banheiro e voltou para a sala. Deitou-se no sofá com os pés no colo da avó, que começou a massageá-los.

— Ah, depois de quase um dia inteiro de viagem, isso é tudo de bom! Quais são as novidades, vovó?

— Está tudo bem, querida. Você é que tem novidades pra contar. Carol nos mostrou todas as suas mensagens e fotos. Que viagem linda, hein?

— Adorei a Croácia! Mas trabalhar como guia de turismo é dureza... Honestamente, duvido que meu chefe vá me manter no emprego depois de ler as respostas ao questionário da agência. Não li o que eles escreveram ainda, mas o grupo reclamou de muita coisa. Foram muito exigentes. Claro que os problemas que ocorreram não foram por minha culpa, então sei lá o que meu chefe vai pensar. E, mesmo que eu não seja demitida, preciso avaliar se vou querer continuar nesse emprego. É muito estresse.

— Foi a sua primeira viagem, Ju! Você mal começou e já pensa em desistir? Problemas são oportunidades, a gente precisa encarar os desafios pra crescer.

— Você sempre diz isso, vovó, e eu acho que, na teoria, você até tem razão, mas, na vida real, o que eu quero é procurar um trabalho mais fácil.

— Acha mesmo que vai encontrar o céu na terra, menina? A vida é isso, a gente amadurece encarando os problemas. E aproveitando o que for possível, pra se divertir e aprender coisas novas. A julgar pelas fotos que eu vi, você conheceu lugares maravilhosos. E o tal Museu das Relações Terminadas? Que ideia genial, hein? Inspirou o trabalho da Carol. Eu estou empolgada, participo de todas as reuniões dando ideias de músicas pra eles pesquisarem.

— Ela me falou com tanta animação sobre esse trabalho de grupo que até me deu vontade de participar.

— Carol selecionou algumas músicas sobre coração partido achando que poderiam te ajudar a superar o término do seu relacionamento com Lucas. E, por falar em amor, como estão as coisas com seu novo pretendente?

— Continuamos trocando mensagens. Ele chega em alguns dias. Vamos ver se a gente consegue se encontrar ou se ele vai desistir antes mesmo de começar — o tom de voz de Juliana expressava mais descrença do que esperança.

— Acho muito estranha essa história de desistir tão rápido de tantas coisas... Estudos, trabalho, amores. Eu, hein! Paciência e persistência deixaram de existir? Assim não dá tempo pra saber se gosta nem se deixa de gostar.

— São os tempos atuais, vovó... É tudo volátil, vivemos na era da impermanência. Parece que nada mais é feito para durar. Nem as coisas, nem os relacionamentos. Às vezes, basta mandar uma mensagem com um ícone piscando o olho que o cara interpreta como "quero compromisso", interrompe a troca de mensagens na hora e desaparece pra sempre. Não dá nem pra ficar com o coração partido, é coração vazio mesmo, tudo tão fragmentado — havia um tom de tristeza na voz de Juliana.

— Gosto de muitas coisas do mundo de hoje, mas essa tal era da impermanência é uma grande besteira! A falta de persistência acaba em frustração. Não dá pra construir caminhos sólidos desistindo na primeira dificuldade. Mas, vamos lá, essa conversa está ficando séria demais e você deve estar exausta. Quer um café com uma fatia de bolo de cenoura?

— Quero, sim, vovó! Você é um amor, sempre cuidando da gente. Depois vou tomar um banho e dormir até não sei que horas.

— Bem que sua mãe falou que você iria almoçar só na hora do jantar!

Renata e Carol acordaram pouco depois do meio-dia. Analice já havia preparado o prato principal: bacalhau refogado com azeite, alho, cheiro-verde e cebolas em rodelas, com batatas em cubinhos e cenoura ralada. Tudo isso misturado com creme de leite e queijo parmesão. Mas como só poderia levá-lo ao forno para gratinar imediatamente antes de servir, precisava esperar a hora em que almoçariam, com ou sem Juliana. Como acompanhamento, uma deliciosa salada com alface, agrião, cubinhos de beterraba, aspargos, azeitona preta e tomate seco, com molho de azeite, vinagre balsâmico e um toque de açúcar mascavo.

Carol foi a primeira a aparecer na cozinha, ainda de camisola e com cara de sono.

— Oi, vó, tudo bem? Fiquei feliz por ver a Ju no quarto, mas não tive coragem de acordá-la — bocejou.

— Fez bem. Conversamos um pouco. Ela está cansada e estressada com os problemas que surgiram na viagem. E você? Dormiu bem? Como foi a festa da Cris?

— Foi bem legal! Manu conseguiu ficar com o menino de que ela estava a fim, mas o Antônio ficou chateado, porque a Rafaela estava lá e, como sempre, não deu a menor bola pra ele. O mais incrível é que eu vi duas garotas lindonas dando em cima dele na maior cara de pau, e ele nem aí pra elas...

— E os gatinhos?

— Ih, vó, ainda não estou ligada nesse lance, você sabe. E não me importo nem um pouco com a pressão pra deixar de ser BV. Quando chegar a hora vai rolar, não estou com pressa. Eu me diverti muito dançando, batendo papo com um monte de gente. Tá bom do jeito que tá! Ah, mudando de assunto: nossa próxima reunião pode ser na terça no final da tarde?

— Por mim, tudo bem. E, nesse horário, talvez a Ju possa participar. Ela adorou a ideia do trabalho!

***

Na reunião de terça, a sugestão de Analice foi pesquisar a briga de casal entre Dalva de Oliveira e Herivelto Martins, relação que foi cantada em público. Herivelto interpretava suas próprias composições e Dalva costumava pedir a amigos que compusessem músicas em que pudesse cantar seus problemas conjugais. Analice mostrou o livro escrito por Pery Ribeiro, o único filho do casal, que também era cantor. Ele relatou que a indústria fonográfica lucrou muito com essa briga, que infelizmente resultou na separação do casal. Esses acontecimentos se deram na década de 1940, quando os discos, de 78 rotações, só continham duas músicas, com uma média de dois a três lançamentos por ano. Por isso, a "briga musical" entre Dalva e Herivelto aumentou não só a venda de discos, como também a popularidade dos dois.

Carol acompanhava atentamente o que Analice relatava sobre o casal de cantores e, ao mesmo tempo, procurava vídeos na internet. Subitamente, entusiasmou-se:

— Achei um vídeo com a gravação de Dalva cantando *Tudo acabado*, que descreve uma briga em plena madrugada, em que ele sai de casa e não sabe se ele vai voltar. Descobri várias fotos, inclusive uma em que ela está com coroa e faixa de Rainha do Rádio, na capa da *Revista do Rádio*!

Analice complementou:

— Essa revista era famosa na época, com reportagens sobre a vida e a obra dos artistas. Imaginem tudo o que saiu publicado sobre as brigas dos dois. Dalva, recém-separada, ficou furiosa ao descobrir que Herivelto estava se relacionando com outra mulher. Mas, mesmo vivendo um novo amor, ele queria expressar seu sofrimento com o fim da sua união com Dalva. A letra de *Caminhemos*, composta por ele, mostra isso. Ao mesmo tempo que diz que a vida não continuou para eles dois, abre a porta da esperança para um reencontro. Procure esse arquivo, Antônio!

Rapidamente, o rapaz selecionou um trecho da letra e o leu em voz alta:

Não, eu não posso negar que te amei
Não, eu preciso esquecer que sofri

E prosseguiu:

— Herivelto se sentiu profundamente magoado por algumas atitudes de Dalva. Em parceria com David Nasser, compôs *Atiraste uma pedra*. Vou cantar só a primeira frase:

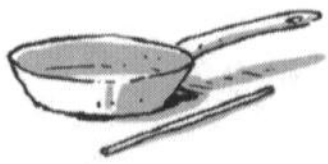

Atiraste uma pedra no peito de quem só te fez tanto bem

— Ai, que trágico! Naquela época as dores de amor doíam demais — comentou Manu.

— E continuam doendo, garota! É que você ainda não passou por isso — disse Juliana, que acabara de entrar em casa, indo direto para a cozinha.

— Oi, Ju, que bom que você chegou! Fique aqui pra participar do nosso trabalho — convidou Carol.

— Só se eu puder dar uns palpites...

— Claro, fique à vontade! Estamos adorando ouvir histórias de desamor — respondeu Antônio — E, então, dona Analice, a senhora sugere outras músicas sobre essa briga entre Dalva e Herivelto?

— Procure a letra de *Recusa,* composta pelo Herivelto. Mostra o quanto ele se sentia desprezado por Dalva. E quanto mais se sentia abandonado, mais queria estar com ela. Apesar do sofrimento, não conseguiu esquecê-la...

Antônio logo visualizou o arquivo e selecionou uma parte da letra:

Esta dor que deixaste em minha alma
Com tanta indiferença
Eu não posso afastá-la sequer
Um momento de mim

— Nossa, eu nem tinha nascido quando essa música foi composta, mas parece que foi feita pra mim! — exclamou Juliana — É isso aí: terminei com o Lucas porque estava sofrendo demais com a indiferença dele. Nem ciúme o infeliz era capaz de sentir! E até hoje não consegui esquecê-lo totalmente nem me apaixonar por outro.

— Rodrigo! Rodrigo! — brincou Carol.

— Ih, pare com isso, guria! Não sei nem se essa história vai começar — retrucou Juliana, desanimada.

— Acho que seria bom incluir sambas que tratassem mais a fundo das brigas que complicam o relacionamento e até contribuem para que ele termine. O que vocês acham? — sugeriu Manu.

— Boa ideia! Finalmente você colaborou com o trabalho de grupo — Antônio não deixou de lado a ironia.

— Conheço algumas músicas que tratam desse tema. Mas é bom lembrar que nem sempre as brigas marcam o fim do amor. Às vezes, as pessoas discutem, dizem coisas das quais se arrependem quando acaba a raiva, fazem cara feia, mas depois fazem as pazes — esclareceu Analice.

— Como acontecia entre você e o vovô João... — relembrou Juliana.

— Justamente. Ele me perturbava com aquele ciúme absurdo. Eu me revoltava por não conseguir fazer o que queria e perdia a paciência com as reclamações dele, mas a gente se amava mesmo assim. Pra começar, procurem a letra de *Brigas,* que Evaldo Gouveia e Jair Amorim compuseram no meio da década de 1960.

Dessa vez, Carol foi mais rápida que Antônio para localizar a letra e também um arquivo com uma gravação de Gal Costa.

— Aqui, nessa parte da letra, eles falam dos casais que brigam por qualquer coisinha:

Brigo eu
Você briga também
Por coisas tão banais

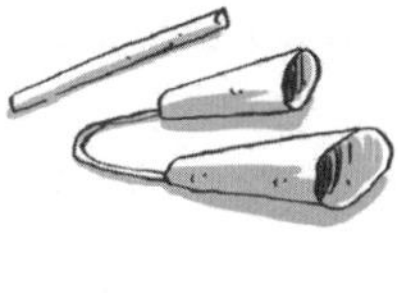

— E, com o tempo, isso vai desgastando o relacionamento e maltratando o amor, como dizem os compositores — acrescentou Antônio.

Todos ouviram a gravação, prestando atenção na letra. Manu foi a primeira a se manifestar após a audição:

— Gostei da parte da letra que fala que, com tantas brigas, o amor vai morrendo aos poucos e, junto com isso, as duas pessoas morrem um pouco também, porque ninguém consegue viver bem sem amor.

— Pra conservar o amor quando há muitas brigas, é preciso caprichar muito, não é, vovó? Mamãe e papai não conseguiram fazer isso e acabaram se separando — Carol tinha uma ponta de tristeza na voz.

— É verdade. Pra manter um casamento por muitos anos, é preciso tolerar os defeitos do outro, ter muita paciência e vontade de ficar junto — esclareceu Analice.

— Ih, nesse caso, acho que vou morrer solteira, ou então ter uma dúzia de maridos — disse Manu, rindo.

— Ainda é muito cedo pra você chegar a essa conclusão, guria! — amenizou Juliana.

— *Brigas nunca mais* é outro samba com esse tema, composto por Tom Jobim e Vinicius de Moraes — anunciou Analice — Foi composto no final da década de 1950 e alerta para a importância de brigar menos e de um apoiar o outro. Vou cantar o finalzinho pra vocês!

Bom é mesmo amar em paz
Brigas nunca mais

— Eu gostaria de aprender a amar assim! — disse Juliana, mais animada.

— Adoro essa música! Mostra a importância de cultivar a amizade no amor. Um vai ajudando o outro e, assim, ambos fortalecem o relacionamento — esclareceu Analice.

— A senhora é impressionante, parece uma enciclopédia musical! Canta todas as letras de cor, sabe o nome dos autores, a época da composição e até as histórias que inspiraram as canções. Que ótima memória — Antônio estava admirado.

— Bem, eu me interesso por música, principalmente pelos sambas, e gosto de saber as histórias que deram origem às composições. Além disso, cresci acostumanda a usar a cabeça pra fazer cálculos e reter na memória o que me interessa. Não se esqueça de que, quando eu era criança, não existia máquina de calcular, computador, memória de celular, essas coisas — Analice sorriu.

— Vocês não acham que caberia mais uma música sobre brigas de amor no nosso trabalho? — sugeriu Manu.

— Só quero entender o motivo de tanto interesse pelo tema — disse Antônio, debochando novamente da amiga.

— Minha mãe provoca a maioria das brigas com meu pai. Quando mete uma ideia na cabeça e acha que tá certa, é um horror. Eles discutem horas, até que meu pai desiste e ela vence. Nós duas também discutimos demais. É impressionante como ela consegue me irritar e ser insuportável! Às vezes, eu consigo me controlar, finjo que concordo com ela, mas acabo fazendo o que eu quero — disse Manu.

Analice soltou uma gargalhada.

— Pronto, já tenho a música pra você mostrar pra sua mãe! Chama-se *Discussão* e foi composta por Tom Jobim e Newton Mendonça, no final da década de 1950. Eles mostram que, às vezes, é melhor perder a discussão do que o amor. O problema é a competição, pra ver quem está com a razão.

— Essa é de encomenda pra sua mãe, Manu! Mas acho que não é pra entrar no nosso trabalho. Vocês concordam? — sugeriu Antônio, após localizar a letra e mostrá-la às amigas.

— Também acho — concordou Carol.

— A partir do tema das brigas, acho que vocês deveriam procurar letras que falem de tristeza, sofrimento e desilusão — sugeriu Juliana.

— Humm... Qualquer semelhança é mera coincidência, não é, irmã? — Carol piscou para Juliana.

— A sugestão pode até ter a ver com interesse pessoal, mas a Ju tem razão: são componentes essenciais do coração partido. E tudo se origina da dependência da presença da pessoa amada para que a vida faça sentido — explicou Analice. — Por exemplo, pesquisem a letra de *Eu preciso aprender a ser só*.

Antônio foi ligeiro no *site* de buscas:

— Foi composta em 1965 por Marcos Valle e Paulo Sérgio Valle. Vou selecionar o trecho que resume o tema.

Ah, se eu te pudesse fazer entender
Sem teu amor eu não posso viver
E sem nós dois o que resta sou eu
Eu assim tão só
E eu preciso aprender a ser só

— Vejam também *Samba em prelúdio* — sugeriu Analice.

Novamente, Antônio foi bem rápido para localizar o arquivo.

— Essa é de Baden Powell e Vinicius de Moraes, composta em 1962. Vejam o início:

Eu sem você não tenho por quê
Porque sem você não sei nem chorar

— E termina com essa frase: “Sem você, meu amor, eu não sou ninguém”. Que tal?

Manu fez uma careta de espanto.

— Eu, hein?! Amar é depender do outro como se ele fosse assim, tipo oxigênio?

Porém, Carol estava mais concentrada em continuar buscando a história da música.

— Encontrei um vídeo com o Baden cantando e um texto com a história dessa música, é bem interessante! Vou resumir o texto: "Baden chegou à casa de Vinicius e tocou ao violão uma melodia lindíssima, pra que Vinicius colocasse a letra. Vinicius adorou a música e pediu pra Baden tocá-la inúmeras vezes. De repente, disse que não iria fazer a letra. Baden, chateado, quis saber a causa da recusa, e Vinicius acabou dizendo que era plágio de um prelúdio de Chopin. Ofendido, Baden disse que tocava todos os prelúdios de Chopin e jurou que aquilo não era plágio coisa nenhuma. Depois de muita discussão noite adentro, Vinicius acordou a mulher com quem estava casado na época, e que era pianista, pra que ela decidisse quem estava certo. Ela ouviu e disse que era uma música lindíssima, mas não se parecia com nenhum dos prelúdios de Chopin. Então, Vinicius, sem querer dar o braço a torcer, comentou: "Então, ele se esqueceu de fazer esse!". E, imediatamente, compôs a letra que se tornou *Samba em prelúdio.*

— Essa história é ótima! — exclamou Analice. — Da parceria entre Baden e Vinicius nasceram músicas lindas, assim como da parceria entre Tom Jobim e Vinicius. Ainda nesse tema da dependência que tanto horrorizou Manu, há *Eu não existo sem você,* que termina assim:

Não há você sem mim
E eu não existo sem você

— Ah, eu não quero isso pra mim, não! Imagine não poder existir se o cara não estiver comigo. Tô fora — Manu estava indignada.

— Vou rir muito quando a Manu ficar completamente abestalhada por um garoto, querendo ficar junto dele o tempo inteiro! — divertiu-se Juliana.

— Não dá pra viver só de alegrias, sem o tempero da tristeza! — Analice olhou para Manu — Vamos ver algumas músicas que falam da tristeza no amor. Por exemplo, na própria letra de *Eu não existo sem você*, há um trecho que diz:

E todo grande amor
Só é bem grande se for triste

Analice prosseguiu:

— Um outro samba, chamado *Não tenho lágrimas,* de Max Bulhões e Milton de Oliveira, fala da necessidade de reconhecer e expressar tudo o que a gente sente. Eu tinha uma amiga muito fechada, e que morreu no ano passado. Ela me dizia que não conseguia chorar, mesmo quando tinha vontade. Estava sempre pronta pra ouvir os problemas dos outros, mas ela própria não desabafava com ninguém. Era muito angustiada, coitada! É como diz o final da letra dessa música:

Só porque não sei chorar
Eu vivo triste a sofrer

— Vovó, acho que a gente tá com fome... — insinuou Carol.

— Ai, meu Deus! Estou tão empolgada com o trabalho de vocês que me esqueci de oferecer um lanche! Fiz suco de cajá e uma torta de palmito. Tudo bem? — Analice se levantou para servir a torta, que já estava cortada em pedaços em uma travessa, enquanto Carol tirava a jarra de suco da geladeira.

— Minha mãe nem acredita quando eu conto o que comi aqui,

Carol! — disse Manu. — Lá em casa, reclamo muito na hora das refeições. Sou muito chata, reconheço! Mas acho uma delícia tudo o que a sua avó prepara.

Juliana seguia interessada no trabalho sobre os sambas:

— E os sambas que falam de sofrimento e desilusão?

— Enquanto vocês comem, eu vou falando. *Quem quiser encontrar o amor*, de Carlos Lyra e Geraldo Vandré, mostra logo de início a relação entre amar e sofrer — Analice se preparou para cantar.

Quem quiser encontrar o amor
Vai ter que sofrer
Vai ter que chorar

Analice prosseguiu:

— Também tem *Acontece*, que é uma música linda de Cartola que fala do amor e do sofrimento da perda. A gente não consegue controlar os sentimentos. O amor pode acabar, mesmo quando a gente gostaria de continuar vivendo com aquela pessoa que é tão boa. Mas não adianta fingir o que não se sente mais. Vou cantar um trechinho.

E acontece que eu já não sei mais amar
Vai chorar, vai sofrer, e você não merece

— Ai, vó, tanto a música quanto a letra são muito tristes... Tô com vontade de chorar — Juliana estava emocionada.

— Então aguenta firme que vou cantar um trecho de um samba que Ary Barroso compôs na década de 1940. *Pra machucar meu coração* mostra que a gente pode aprender com as perdas. É como diz o ditado: “há males que vêm para o bem”.

Quem sabe, não foi bem melhor assim
Melhor pra você e melhor pra mim

— É, pelo visto tenho muito o que aprender nessa vida... — Juliana suspirou profundamente.

Carol estava concentrada na pesquisa de textos.

— Fiquei curiosa pra saber o porquê do nome Cartola. Achei a história: a mãe dele morreu quando ele tinha 15 anos. Ele saiu da escola e arrumou um emprego como ajudante de obras. Passou a usar um chapéu pra se proteger do cimento que caía de cima, e os colegas lhe deram esse apelido, que acabou se tornando seu nome artístico.

— Bem, já tá ficando tarde, preciso voltar pra casa — disse Manu — Mais alguma música sobre esse tema, dona Analice?

— Mais três, pra falar de desilusão. A que eu mais gosto é *Sentimentos,* um grande sucesso de Paulinho da Viola. A gente sempre canta essa na roda de samba. Fala da dor de descobrir que a pessoa amada na verdade nunca nos amou e como isso mata nossa alegria. Pra se proteger do sofrimento, ele diz:

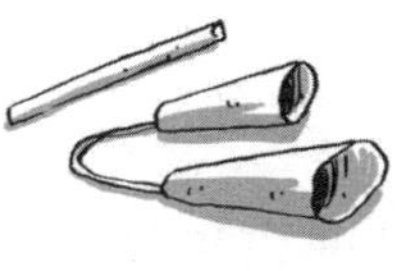

Agora estou resolvido
A não amar a mais ninguém

Analice prosseguiu:

— E a Mangueira ganhou, em 1936, o primeiro lugar no desfile das escolas de samba com uma composição de Cartola, Carlos Cachaça e Zé da Zilda chamada *Não quero mais.* Em 1973, Paulinho da Viola gravou essa letra com o nome atual, *Não quero mais amar a ninguém.*

Não quero mais amar a ninguém
Não fui feliz
O destino não quis
O meu primeiro amor
Morreu como a flor ainda em botão
Deixando espinhos que dilaceram meu coração

Carol ficou pensativa.

— Será que a mamãe conhece essas músicas? Tem a ver com ela. É tão grande o medo de se apaixonar e não ser correspondida que ela prefere não se envolver com ninguém.

— Vou cantar *Sentimentos* quando ela chegar! — prometeu Analice. — Agora, como o horário está apertado, vou sugerir que vocês procurem *Samba do grande amor*, que Chico Buarque compôs na década de 1980. Perder a ilusão do grande amor traz a sensação de ter uma pedra no peito e fortalece a decisão de deixar de ser um sonhador. Tudo pra se proteger do sofrimento.

Chego a mudar de calçada
Quando aparece uma flor
E dou risada do grande amor

— Desilusão total! Ele acha que o grande amor é uma grande mentira! — exclamou Carol. — Essa você também precisa cantar para a mamãe. Acho que ela deixou de ser sonhadora. Quando parece que vai acontecer alguma coisa, ela dá um jeito de cair fora!

Tristeza e esperança

No retorno ao trabalho, Juliana ficou surpresa com a postura do chefe, que fez elogios ao desempenho dela e à atenção que teve com todos por haver resolvido com habilidade os problemas e apresentado o relatório com rapidez ao término da viagem.

Todas as pessoas do grupo tinham preenchido o questionário. Muitos, sobretudo os que se recusaram a deixar os passaportes retidos na recepção do hotel, criticaram o comportamento grosseiro do segundo guia local. Todos elogiaram a atuação de Juliana e o conforto dos quartos, mas alguns ficaram insatisfeitos com a qualidade das refeições incluídas no pacote da viagem. Gostaram da maioria dos passeios e muitos disseram que recomendariam a Croácia e a agência aos amigos.

A dúvida quanto a seu futuro profissional assaltava Juliana em muitos momentos. "Será que realmente vale a pena trabalhar como guia de turismo ou seria melhor tentar outro emprego, talvez na área administrativa, sem tantos imprevistos, e sem precisar lidar com pessoas complicadas?" Essa dúvida a atormentou ainda mais quando, dias depois, seu chefe lhe propôs acompanhar um grupo de 25 pessoas pelo Leste Europeu, em uma viagem de duas semanas, com saída prevista para dali a um mês. Visitariam Praga, na República Tcheca; Berlim, na Alemanha; Varsóvia e Cracóvia, na Polônia; e Budapeste, na Hungria. Apreensiva, Juliana pediu dois dias para pensar.

— Vovó, se eu passei por momentos enlouquecedores guiando um grupo de oito pessoas em uma semana, como vou encarar um grupo enorme, passando por quatro países, em uma viagem com o dobro do tempo?

— Você não acha que seu chefe acredita em sua competência, apesar de você ter pouca experiência? Ou pensa que ele é louco a ponto de colocar o nome da agência em risco?

Juliana suspirou fundo.

— Pra ser sincera, assim que ele me falou desse trabalho, achei que ele tinha pirado! Aí pensei que seria maravilhoso conhecer essas cidades, com tantos museus, parques, palácios e belas paisagens. O problema é que eu teria pouco tempo pra estudar o roteiro a fundo. Não quero me sentir perdida nesses lugares.

— Mas não haverá guias locais em cada cidade, como na Croácia? — perguntou Analice.

— Sim, claro. Mas, sei lá, estou insegura... Com muito medo, pra dizer a verdade. Será que tenho capacidade pra fazer esse trabalho? Não sei — Juliana comentou, quase chorando.

— Não deixe o medo vencer a coragem e a curiosidade, minha linda! Encare a insegurança como um estímulo pra estudar o que for preciso e se preparar pra esse desafio. Todos nós precisamos aprender a transformar os obstáculos em bons caminhos de vida — aconselhou a avó.

Juliana sorriu.

— É muito bom conversar com você! Com as dificuldades da

vida você acumulou a experiência necessária pra dar força a quem precisa.

— Eu não dou força a ninguém, Ju! Apenas procuro estimular as pessoas a encontrarem forças dentro de si mesmas.

***

Para finalizar o trabalho, Carol, Antônio e Manu marcaram a reunião do grupo para o início da semana seguinte, no final da tarde, assim Juliana poderia participar. Ela aceitara a proposta do chefe e, apesar de estar sobrecarregada com a pesquisa dos principais pontos turísticos que visitariam em cada uma das cidades do roteiro, não resistiu à curiosidade de ver quais os sambas que seriam selecionados.

— O trabalho já está bem grande. Penso que, agora, a gente poderia procurar sambas que tratam da tristeza do coração partido junto com a esperança de encontrar um novo amor — sugeriu Carol.

— Há muitas composições bonitas que tratam disso, principalmente a partir da década de 1960. Vocês vão perceber o contraste: nessa época ocorreram grandes mudanças no mundo, inclusive no papel da mulher na sociedade. Isso se refletiu na música: muitos sambas falam da perda e da solidão, mas sem o clima trágico do passado. Junto com a tristeza, surge a esperança de amar de novo — explicou Analice.

— Sempre que me pego chorando por causa do Lucas, eu me lembro de uma frase sua que adoro: "O amor é eterno, mas os amados mudam!" — Juliana sorriu, olhando para a avó.

— Sensacional essa frase! Vou me lembrar dela quando eu passar pela primeira experiência de coração partido — Manu soltou uma boa gargalhada.

— Então, vamos lá! Se eu ficar empolgada demais e tornar a

esquecer de servir o lanche, vocês me avisam, combinado?

— E qual será a surpresa de hoje, dona Analice? — Antônio adorava os quitutes da casa.

— Pra hoje preparei suco de acerola e empadão de camarão. E reservei alguns docinhos de coco e de nozes que sobraram da encomenda pra uma festa de casamento. Está bom?

— Bom demais! Tomara que a hora do lanche chegue logo! — exclamou Antônio.

— Tristeza e esperança... — Juliana retomou o tema — É bom quando a gente consegue sentir as duas coisas sem medo de deixar a esperança crescer.

— Lucas e Rodrigo! Em qual deles você pensa mais, Ju? — perguntou Carol, curiosa, já sabendo que Rodrigo havia marcado um encontro com a irmã.

— Estou me esforçando pra parar de pensar no Lucas, mas ainda estou com medo de criar muita expectativa com o Rodrigo e acabar não dando em nada — a voz de Juliana ainda revelava certa mágoa.

— Penso o seguinte: quando a tristeza pela perda ainda está muito intensa, a esperança se concentra no retorno da pessoa amada. Só depois que a gente chega à conclusão de que aquele amor não é mais possível é que cresce a esperança de ser feliz com outra pessoa. Concordam? — Analice estava curiosa para ouvir a opinião dos mais jovens.

— Não sei. Ainda não comecei a viver essas histórias — disse Carol.

— Eu sei que todo mundo me acha idiota, mas não consigo tirar a Rafaela da minha cabeça. Nem olho pra outras garotas! Parece que quanto mais ela me esnoba, mais eu gosto dela. Bem que tento me libertar disso, mas não consigo — disse Antônio, entristecido.

— Parece que você nem percebe que tem um monte de garotas

lindas querendo ficar com você, Antônio! — Manu tentou animar o amigo.

— Não percebo mesmo. E não consigo me interessar por mais ninguém...

— Então, no início da década de 1980, Tom Jobim e Newton Mendonça fizeram *Promessas* pensando no Antônio, embora ele nem tivesse nascido! — Analice sorriu e começou a cantar.

E agora o coração me diz
Que só em teus braços, amor, eu posso ser feliz

— Nossa! Tudo a ver com o meu amigo! — comentou Carol.

Analice prosseguiu:

— Em *Outra vez*, Tom Jobim fala da esperança do retorno.

Outra vez sem amor
Outra vez vou sofrer
Vou chorar
Até você voltar

— Acho que já passei da fase de querer voltar com o Lucas, mas ainda choro por ele, embora bem menos do que nos primeiros meses depois que terminei o namoro — comentou Juliana.

— Mas a tristeza não é só ruim. Ela nos ajuda a valorizar o que há de bom na vida — ponderou Analice. — Antônio, procure a letra de *Consolação*, por favor. Essa canção mostra que, mesmo quando um grande amor termina, valeu a pena ter vivido tudo aquilo. Quando o medo de sofrer fecha o nosso coração, perdemos muita coisa boa nessa vida!

— Aqui está! É uma composição de Baden e Vinicius, vou ler para vocês.

E se não tivesse o sofrer
E se não tivesse o chorar
Melhor era tudo se acabar

— É linda essa música, vovó! Acho que essa é para a mamãe também. Ela poderia acreditar que mesmo quando um amor termina, ocorreram coisas que foram boas pra ambos. Mas ela fala mal do papai o tempo todo... — Carol se entristeceu ao mencionar o fato.

Juliana fez um carinho na irmã.

— Gostei de ouvir o que você acabou de dizer, guria! Você ainda não tem histórias pra contar, mas observa o que acontece com os outros.

— Já tive várias conversas com a Renata sobre isso. Não adianta ficar cultivando mágoas. É como o capim que se alastra e não deixa espaço para as flores crescerem. Ah, isso me fez lembrar de um samba de Pernambuco e Antônio Maria que se chama *O amor e a rosa*. Os compositores aconselham a guardar as boas lembranças do relacionamento, que são a "rosa", mesmo quando o outro nos fez sofrer, porque isso nos estimula a abrir o coração pra um novo amor — Analice se animou e cantou as duas frases finais.

Num canto qualquer do teu coração
O amor reviverá

E complementou:

— Quando a gente percebe que não dá mais pra continuar o relacionamento, mas reconhece o que houve de bom, a tristeza deixa de ocupar um espaço tão grande no nosso coração. E agora me lembrei da letra de *Tristeza*, grande sucesso de Niltinho e Haroldo Lobo, composta na metade da década de 1960. Pede para a tristeza deixar de morar no coração, para recuperar a alegria, até para voltar a cantar. É um samba tão espetacular que até hoje vários cantores querem gravá-lo.

Carol consultava arquivos em busca da história dessa música.

— Achei, gente! É muito interessante, vou resumir: "Niltinho ficou arrasado quando Neuza, a namorada que ele amava, terminou a relação ao descobrir que ele ficava até altas horas nos bares bebendo com os amigos e paquerando outras mulheres. No auge da tristeza, ele fez essa letra, que se tornou seu maior sucesso. Pra convencer Neuza de que ele havia mudado, passou a sair da farra do sábado a tempo de passar em casa, trocar de roupa e ir à missa de domingo, onde sabia que a encontraria. A estratégia deu resultado: depois de alguns encontros, ela acreditou que ele tinha se regenerado, reataram o namoro e se casaram meses depois".

— Danado esse Niltinho, hein?! — Manu riu muito com a história.

— Essa eu não conhecia! Mas me lembrei de uma música que combina com essa história. O Niltinho saía com outras, mas amava a Neuza e queria ficar com ela. Queria convencê-la de que ele tinha guardado um amor especial exclusivamente para ela. *Só tinha que ser com você* foi composta por Tom Jobim e Aloysio de Oliveira, também na década de 1960 — Analice estava animada — Vou cantar o finalzinho.

O amor que chegou para dar
O que ninguém deu pra você

— Dona Analice, as músicas estão ótimas, nosso trabalho vai ficar sensacional, mas eu não consigo tirar o olho daquele empadão! — disse Antônio, já com água na boca, ansioso pelo lanche.

— Ainda bem que você me avisou, vamos lá!

Analice, Carol e Juliana começaram a distribuir pratos, copos e talheres. Mais tarde, tudo o que havia sobrado foi um pedaço do empadão e alguns docinhos que Analice guardou para Renata, que chegaria tarde da noite.

Enquanto Juliana lavava a louça, Analice sugeriu dois sambas que tratam da expressão da tristeza para aliviar a dor e acendem a esperança de um futuro amor. Antônio rapidamente encontrou os arquivos.

— *Chora tua tristeza* é de Oscar Castro Neves e eu selecionei este trecho:

Chora
Que a tristeza
Foge do teu olhar

— Muito boa! E depois eles recomendam que a gente cante para a beleza voltar pra nossa vida. Quando a gente fica triste, parece que o mundo fica cinza, tudo perde a graça. Cantando, a vovó se curou das desilusões amorosas, né? — Carol piscou para Analice. E a outra música, Antônio?

— A outra é de Baden e Vinicius e se chama *Pra que chorar*. Já que você falou que o mundo fica cinza quando a gente tá deprê, essa letra diz que não precisamos chorar tanto porque o Sol já vai raiar. O amor está por aí, em um novo dia poderemos encontrar um novo amor. Vejam o final da letra — convidou Antônio.

Pra que chorar, pra que sofrer
Se há sempre um novo amor
Cada novo amanhecer

— Concordo! Mas é preciso ter cuidado com as nossas escolhas. Não adianta renovar o amor se a pessoa seguinte que a gente escolher for muito complicada ou não for fiel — opinou Manu.

— Sobre esse tema há um belo samba de Paulinho da Viola que se chama *Coração leviano*, um dos preferidos pelo pessoal que frequenta a roda de samba. Mostra que as pessoas sedutoras conseguem encantar muita gente com palavras bonitas e promessas que nunca cumprem. Na verdade, nunca se entregam ao amor. Os seduzidos acabam com seus corações partidos, amando sem serem correspondidos, frustrados com uma relação construída à base de mentiras. Termina assim — Analice cantou:

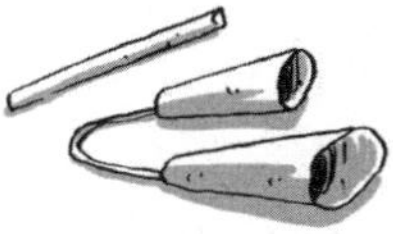

Ah, coração, teu engano foi esperar por um bem
De um coração leviano que nunca será de ninguém

— Se estivesse vivo, o Noel poderia cantar esse samba para a Ceci! Ele sofreu horrores com o coração leviano daquela mulher — Carol se lembrou da história do romance dos dois. — Vejam: achei um vídeo com o Paulinho da Viola interpretando sua composição.

— Pelo que percebo, se a gente souber escolher uma pessoa legal e cultivar a esperança, é possível curar o coração partido e ser feliz de novo — concluiu Manu.

— É isso aí! — concordou Analice. — Só que há pessoas que ficam remoendo mágoa e amargura por muitos anos. Demoram tanto para abrir o coração para um novo amor que lhe faça bem que chegam até a perder a mocidade nesse longo caminho. É o que diz um samba famoso de Cartola e Elton Medeiros que a gente sempre canta na roda e se chama *O sol nascerá*. Mostra que quando a gente supera a saudade é possível encontrar outra pessoa para amar. É isso o que eu penso: vale a pena viver a vida sorrindo e cantando.

— Vídeo! Vídeo! — Carol pediu, animadíssima, ao que Antônio prontamente atendeu. — É bem antigo, com o próprio Cartola cantando, que legal!

Analice sorriu:

— Muita gente aproveita o Carnaval pra mandar a tristeza embora. A letra do samba-enredo da Império Serrano, de 1982, mostra isso:

Vem, meu amor
Manda a tristeza embora
É carnaval, é folia
Neste dia ninguém chora

E prosseguiu:

— Com tanto entusiasmo, vai ser difícil terminar esse trabalho! Posso dar as últimas sugestões? — perguntou Analice.

— Claro, vovó! Assim nosso trabalho vai finalizar com clima de alto-astral — comemorou Carol, entusiasmada.

— Vamos começar com *O amor em paz,* de Tom Jobim e Vinicius de Moraes, composta bem no início dos anos 1960. Eles dizem que, às vezes, a gente ama mais do que devia, fica no fundo do poço quando a pessoa vai embora. A letra termina assim:

Porque o amor é a coisa mais triste quando se desfaz

E Analice prosseguiu:

— O que não impede que, em um belo dia, mesmo ainda mergulhados na tristeza, a gente encontre uma pessoa pra amar em paz. É preciso renovar a esperança.

— Vó, é verdade que o Vinicius se casou mais de dez vezes? — quis saber Juliana.

— Não sei se chegou a tudo isso. Mas eu me lembro de ter lido uma entrevista em que Tom Jobim lhe perguntou quantas vezes ele ainda iria se casar. Ele respondeu: "Quantas forem necessárias!".

— Muito bom! Isso é que é renovar as esperanças e acreditar no amor — gargalhou Manu.

— Vinicius disse frases que ficaram famosas. Uma das que eu mais gosto é: "A vida é a arte do encontro, embora haja tanto desencontro pela vida" — comentou Analice.

— Acho que precisamos de apenas uma música pra finalizar o trabalho. Qual a senhora escolheria pra falar de tristeza e esperança? — sintetizou Antônio.

— Humm... São tantos sambas bonitos que falam sobre isso... Deixe-me pensar. Ah, já sei! Veja aí a letra de *Meditação*, de Tom Jobim e Newton Mendonça. Dizem que, às vezes, a gente acredita "no amor, no sorriso e na flor" e depois quebra a cara e se desilude com amores que muitas vezes são passageiros e até enganosos. Mas, depois de chorar até ficar sem lágrimas, a gente volta a acreditar "no amor, no sorriso e na flor". O final dessa letra é lindo, ouçam! — Analice cantou com muita emoção:

Pois a própria dor
Revelou o caminho do amor
E a tristeza acabou...

— Esse samba é lindo demais! — disse Juliana, enxugando as lágrimas — É isso aí: a gente precisa aceitar a tristeza e o sofrimento pra tornar a ter esperança, amar e ser feliz. Eu prometo a mim mesma que vou conseguir chegar lá.

***

A professora Rosilene dissera para a turma que recolheria todos os trabalhos, faria as correções e a avaliação final. Em seguida, escolheria os três melhores para serem apresentados aos colegas e a alguns convidados. A diretora da escola também estaria presente, porque gostara da ideia de os alunos pesquisarem temas sobre a Década do Patrimônio Museológico.

Ao ouvir isso, Carol teve uma ideia: caso o trabalho do seu grupo fosse selecionado para a apresentação, convidaria a avó para cantar os sambas que mais bem representassem o tema dos corações partidos.

No dia de apresentação do resultado da seleção, a professora Rosilene mostrou um panorama dos trabalhos. A turma estava ansiosa para saber quais seriam os três selecionados. Ela começou falando sobre o terceiro colocado, que fez a análise de algumas obras do Museu Histórico Nacional e da história do próprio museu, com belas ilustrações de cada quadro analisado. Em seguida, Rosilene elogiou a originalidade do tema escolhido pelo grupo que obteve o segundo lugar: as técnicas artesanais de produção do Queijo de Minas Gerais como Patrimônio Cultural Imaterial.

— E agora, com certeza vocês estão curiosos pra saber quem obteve o primeiro lugar, não é mesmo? — Rosilene fez uma pausa para aumentar ainda mais a expectativa da turma.

Carol, Antônio e Manu se entreolharam, apreensivos.

— O trabalho que ficou em primeiro lugar foi escolhido não só pela originalidade, por ter unido o Patrimônio Material e o Imaterial, como também pela profundidade da pesquisa, pela qualidade da redação e pela ótima coordenação das ideias expostas. Estou falando de *Os sambas dos corações partidos,* o trabalho do grupo da Carolina Aguiar, do Antônio Luiz Guimarães e da Manuela Alves! — anunciou Rosilene, entusiasmada.

Os três não se contiveram. Levantaram-se e se abraçaram, enquanto os colegas aplaudiam.

Assim que cessaram os aplausos, uma colega de turma, revoltada, questionou o resultado:

— Assim é mole, professora! A avó da Carol frequenta rodas de samba. Deve ter feito o trabalho pra eles. Isso não é justo!

Carol fuzilou com o olhar a colega e Manu se apressou a comentar em voz alta:

— Isso é inveja de quem não foi classificada!

A moça insistiu:

— Não estou falando com você, garota! Quero saber, professora, se é válido ter pessoas de fora participando do trabalho do grupo.

— A pesquisa pode envolver consultas a livros, *sites*, vídeos e conversas com pessoas que entendem do assunto. Portanto, foi válido entrevistar a avó de Carol pra facilitar a seleção dos sambas sobre o tema escolhido — esclareceu a professora.

Carol fez uma careta de desprezo e comentou em voz baixa com Manu:

— Odeio essa guria!

— Então, se algum grupo não teve a sorte de conhecer pessoas que entendessem do tema escolhido, o problema não é nosso! — ironizou Manu.

— Pois é, porque, além da minha avó, nós contamos com a colaboração da minha irmã, que é guia de turismo e visitou o Museu das Relações Terminadas, em Zagreb. Foi justamente esse o ponto de partida para o nosso trabalho — Carol justificou.

Percebendo a troca de farpas se intensificar, Rosilene tratou de acalmar os ânimos dando informações sobre o evento da apresentação.

— Como não temos espaço suficiente para os convidados em nossa sala de aula, a apresentação será no auditório do colégio. A diretora fará uma abertura sobre a importância da Década do Patrimônio Museológico e, em seguida, haverá a apresentação dos três trabalhos selecionados.

Carol entrou em casa ansiosa para encontrar a avó e contar as novidades. Analice ficou felicíssima com o resultado e deu uma ideia:

— Posso convidar o pandeirista e o violonista da roda de samba pra me acompanharem. Eles vão adorar participar dessa apresentação, e eu mais ainda!

— Aquele violonista que é apaixonado por você, vovó?

— O próprio! Mas eu não quero nada com ele. A essa altura da vida, o que eu mais amo é a minha liberdade.

— Coitado do homem, igual ao Antônio, apaixonado sem ser correspondido... — brincou Carol.

A apresentação foi um sucesso. Os sambas que Analice cantava, acompanhada pelos dois instrumentistas, entremeavam os tópicos do trabalho apresentados por Carol, Manu e Antônio. Mostraram também alguns vídeos de compositores falando de seus corações partidos. O grande final foi a mensagem de amor e de esperança de *Meditação*, que Analice cantou emocionada. A plateia aplaudiu de pé.

Depois de parabenizar a professora Rosilene e os alunos dos três grupos selecionados, a diretora agradeceu a presença de todos e abraçou Analice carinhosamente, sussurrando em seu ouvido:

— A apresentação desse trabalho me fez um bem tão grande que você nem imagina! Depois de trinta anos de casada, meu marido me deixou, e eu estou arrasada. Mas, como você cantou, quero voltar para o amor, o sorriso e a flor!

Edu Lissovsky

Maria Tereza Maldonado

Sou carioca e moro no Rio de Janeiro. Sou Mestre em Psicologia pela PUC-Rio, onde lecionei no Departamento de Psicologia. Além disso, sou membro da Associação Brasileira de Terapia Familiar, trabalho como palestrante em todo o Brasil e como consultora nas áreas de Saúde e Educação. Já publiquei dezenas de livros sobre relacionamento familiar, desenvolvimento pessoal e construção da paz. Pela Coleção Jabuti, publiquei também *Viver melhor*, *Redes solidárias*, *Florestania*, *Nos passos da dança* e *A face oculta*.

Alguns anos após a publicação de *A face oculta*, queria escrever um novo livro para a Coleção Jabuti. O gerente da área de infantojuvenis, Rogério Gastaldo, sugeriu que eu escolhesse um tema referente à Década do Patrimônio Museológico (2012-2022).

Eu havia feito uma viagem à Croácia, onde tive a oportunidade de visitar o originalíssimo Museu das Relações Terminadas e os demais lugares que menciono em alguns capítulos deste livro. Além disso, como estudo música há muitos anos, tenho enorme interesse em pesquisar a riqueza da música brasileira, e fiquei feliz ao saber que o samba de roda do Recôncavo Baiano fora escolhido como Patrimônio Imaterial da Humanidade pela Organização das Nações Unidas para a Educação, a Ciência e a Cultura

(Unesco), em 2005, e as matrizes do samba carioca, como Patrimônio Cultural Brasileiro pelo Instituto do Patrimônio Histórico e Artístico Nacional (Iphan), em 2007. Pronto! Já tinha o ponto de partida para o novo livro.

Quando entramos no caminho das relações amorosas, experimentamos alegria, tristeza, decepção, esperança e muitos outros sentimentos que permeiam o coração. Os poetas e os músicos expressam com profunda sensibilidade as trilhas do amor, do desamor e dos novos amores. Pesquisei muitos sambas sobre esse tema e fiz a seleção dos que considerei mais relevantes para a construção dos personagens. Foi divertido selecionar vídeos e gravações em que cantores ou os próprios compositores interpretam essas canções.

Quero agradecer ao Rogério Gastaldo pela excelente sugestão do tema e também ao compositor e maestro Itiberê Zwarg pela orientação da pesquisa musical. Troquei boas ideias com Miriam Podlubny, Lia Carvalho, Rachel Niskier, Evelyn Einsenstein e Mariana Maldonado sobre o universo amoroso. E sempre aprendo muito com as conversas com profissionais da educação e com os adolescentes nas minhas idas às escolas para falar sobre meus livros adotados para leitura.

Adorei escrever *Os sambas dos corações partidos* e espero que esta leitura estimule vocês a ampliar suas pesquisas!

Site: *www.mtmaldonado.com.br*
Fanpage: *www.facebook.com/mariaterezamtmaldonado*
Canal no YouTube: *www.youtube.com/terezamaldonado*
Twitter: *@MTMaldonado*
Blog: *www.mtmaldonado.wordpress.com/*

Mariana Caldas - cargocollective.com/maricaldas

Thiago Lopes

Nasci em São Paulo, e desde muito cedo me comunico por meio das imagens. Por isso, não foi muito complicada a escolha do que eu faria para o resto da vida. Estudei Design Gráfico na Universidade Belas Artes e me especializei em Design Editorial pelo Senac. Atualmente atuo como designer e ilustrador no Estúdio Kiwi, empresa que fundei em 2009, na qual desenvolvo projetos de design como marcas, identidades visuais, materiais impressos, exposições, livros etc.

Já ilustrei diversos livros infantojuvenis, publicados no Brasil e no exterior, para importantes autores brasileiros como: lan Brenman, Ruth Rocha, Pedro Bandeira, Arnaldo Antunes, entre outros.

Quando me convidaram para ilustrar *Os sambas dos corações partidos*, foi uma surpresa muito boa, pois os editores não sabiam que, além de ilustrador, sou colaborador de um projeto de resgate e valorização do samba, chamado Samba do Bule, voltado ao estudo e pesquisa de compositores que fizeram história nessa expressão musical autêntica e genuinamente brasileira. Neste livro, pude trabalhar com duas grandes paixões: a ilustração e o samba.

Uma boa leitura a todos!

Estúdio Kiwi: *www.estudiokiwi.com.br*
Samba do Bule: *www.sambadobule.com.br*